Deseo™

WITHDRAWN

Secreto mortal

MERLINE LOVELACE

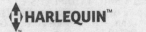

HARLEQUIN™

Editado por HARLEQUIN IBÉRICA, S.A.
Núñez de Balboa, 56
28001 Madrid

I.S.B.N.: 978-84-687-2752-3
Depósito legal: M-2644-2013
Editor responsable: Luis Pugni
Fotomecánica: M.T. Color & Diseño, S.L. Las Rozas (Madrid)
Impresión en Black print CPI (Barcelona)
Fecha impresion para Argentina: 7.10.13
Distribuidor exclusivo para España: LOGISTA
Distribuidor para México: CODIPLYRSA
Distribuidores para Argentina: interior, BERTRAN, S.A.C. Vélez
Sársfield, 1950. Cap. Fed./ Buenos Aires y Gran Buenos Aires,
VACCARO SÁNCHEZ y Cía, S.A.

Capítulo Uno

Confundido entre los invitados a la boda, que abarrotaban el salón de la mansión de su madre en Oklahoma City, y con los puños fuertemente cerrados dentro de los bolsillos del traje, Blake Dalton forzó una sonrisa.

La fiesta parecía llegar a su fin. Los recién casados se habían detenido en las escaleras para que la novia pudiera arrojar el ramo y estaban a punto de partir de luna de miel a la Toscana.

Su gemelo había librado una encarnizada batalla para conquistar a la guapa e independiente piloto. Alex se había ganado esas dos semanas en la Toscana, lejos de sus múltiples responsabilidades como director ejecutivo de Dalton International.

A Blake no le suponía ningún problema hacerse cargo de la empresa en su ausencia. Abogado y licenciado en Gestión Empresarial, con casi diez años de experiencia, se había ganado el liderazgo que ejercía desde su puesto de director financiero. Alex y él solían sustituirse en la dirección del conglomerado empresarial cuando uno de los dos se ausentaba en viaje de negocios.

Blake desvió la mirada hacia la matriarca del clan Dalton. Los cabellos seguían siendo de un color negro intenso, con algunos reflejos plateados en las sienes. Llevaba un vestido de encaje de Dior en tonos salmón y su rostro reflejaba una profunda satisfacción. Su hijo sabía perfectamente en qué estaba pensando: ya tenía casado a uno, faltaba el otro.

Sin embargo fue el bebé que miraba por encima del hombro de la mujer lo que le hizo cerrar los puños con más fuerza mientras sentía una opresión en el pecho. En las semanas que habían pasado desde que algún desconocido había dejado al bebé de seis meses en la puerta de la casa de su madre, Molly se había convertido en esencial para Blake.

Las pruebas de ADN habían concluido, con una fiabilidad del 99,99 por ciento, que la criatura de deslumbrante mirada era una Dalton. Desgraciadamente, esas pruebas no habían podido determinar con suficiente certeza a qué Dalton pertenecía. El problema no quedaría resuelto hasta tener el ADN de la madre.

En consecuencia, los hermanos Dalton habían pasado las semanas siguientes a la llegada de Molly buscando a las mujeres con las que habían mantenido relaciones durante el año anterior. La lista de Alex había sido considerablemente más larga que la de Blake, pero ninguna de las candidatas había resultado ser la madre del bebé.

Una ruidosa algarabía le hizo desviar la mirada. Levantó la vista y encontró a su hermano entre la multitud. Era como mirarse al espejo. Ambos habían heredado la constitución de su padre, Jake Dalton, y sobrepasaban el metro ochenta de puro músculo. También habían heredado el color azul eléctrico de los ojos y los cabellos castaños que el feroz sol de Oklahoma convertía en oro.

Las miradas de los hermanos se encontraron y Blake sacudió la cabeza. Como muchos gemelos, les bastaba con mirarse para saber lo que pensaba el otro. Ya tendría tiempo comunicarle las noticias cuando regresaran de la luna de miel. Para entonces, Blake ya se habría encargado de todo, incluyendo de la rabia y la conmoción.

Obstinadamente reprimió cualquier emoción hasta que los recién casados estuvieron camino del aeropuerto. Incluso después, cumplió con su deber de anfitrión y charló con los invitados hasta que el último se hubo marchado. Nadie, ni siquiera su madre, sospechaba que en su interior bullía de ira.

—¡Por fin! —exclamó Delilah Dalton mientras se descalzaba—. Ha sido divertido, pero me alegra que haya terminado. Ha salido bien, ¿verdad?

—Muy bien —asintió Blake.

—Voy a echarle un ojo a Molly —la abuela recogió los zapatos y caminó descalza hasta las escaleras de mármol—. Después me voy a dar un baño. ¿Te quedas esta noche?

—No, vuelvo a mi casa —contestó su hijo esforzándose por mantener la calma—. ¿Podías pedirle a Grace que bajara? Me gustaría hablar con ella antes de marcharme.

Su madre enarcó las cejas ante la insólita petición de hablar con la mujer a la que había contratado como niñera. En las semanas que el bebé llevaba en la familia Dalton, Grace Templeton se había convertido en indispensable, casi parte de la familia. Tanto que había ejercido como dama de honor de Julie en la boda, siendo Blake el padrino.

A Delilah tampoco se le había escapado el cariño con el que esa chica trataba a Molly y lo bien que parecían llevarse. Y también había notado la buena pareja que hacía con Blake, y no había perdido la oportunidad de comentárselo a su hijo.

–Dile que estaré en la biblioteca –insistió él, furioso por estar de acuerdo con su madre.

–Muy bien –la mujer estaba demasiado cansada como para satisfacer su curiosidad y se dirigió escaleras arriba–. Pero no la retengas mucho rato. Debe estar tan destrozada como yo.

Iba a sentirse mucho más que destrozada. Tirando de la pajarita negra, Blake se dirigió a la biblioteca mientras recuperaba el informe que se había guardado hacía más de una hora en el bolsillo. Los datos resultaban estremecedores y aún se encontraba en proceso de digerirlos cuando Grace Templeton entró en la estancia.

–Hola, Blake. Delilah me dijo que querías hablar conmigo.

Blake entornó los ojos al fijarse en la delgada joven que se había quitado el vestido color lila, soltado los cabellos rubios, casi plateados, y que lucía una blusa blanca salpicada de goterones de agua.

–Disculpa las salpicaduras –se excusó mientras

se pasaba una mano por la blusa y lo miraba con una expresión divertida en sus cálidos ojos castaños–. Molly se entusiasmó un poco con el baño.

Blake no respondió y se limitó a mirarla, envarado, en su traje de gala.

–¿De qué querías hablarme?

Grace percibió el profundo silencio que emanaba de ese hombre, y la tensa postura.

–¿Sucede algo malo?

–¿Te fijaste en el hombre que apareció justo antes de que se marcharan Julie y Alex?

–¿Ese tipo vestido de marrón? –ella asintió lentamente, aún perpleja por el mal humor de Blake–. Lo vi, y me pregunté quién podría ser. No encajaba entre los invitados.

–Se llama Del Jamison.

La joven frunció el ceño, sin duda repasando mentalmente los nombres de las personas que había conocido aquel día.

–Jamison es un detective privado –le ayudó él–. El que contratamos Alex y yo para buscar a la madre de Molly.

Esa chica era buena. Los ojos color canela solo emitieron un brevísimo destello de recelo que rápidamente desapareció, aunque no pudo evitar la palidez que invadió sus mejillas. Una palidez que a Blake le produjo una maliciosa satisfacción.

–Entiendo –ella se encogió de hombros en un descarado intento de parecer indiferente–. Estaba en Sudamérica, ¿no? Visitando los lugares a los que Julie voló el año pasado.

–En efecto, pero después de que Julie dejara claro que no era la madre de Molly, Jamison decidió comprobar otra pista… en California.

–¿California? –inquirió Grace, incapaz de disimular más el miedo.

–Te resumiré el informe –Blake adoptó el tono que tenía reservado para los tribunales, el que utilizaba cuando quería llevar la discusión a su terreno. Frío y desprovisto de emoción–. Jamison descubrió que la mujer que yo creía que había fallecido en un accidente de autobús no estaba ni siquiera en ese autobús. Murió casi un año después de aquello.

Esa mujer con la que había vivido un breve romance. Esa mujer que había desaparecido de su vida sin decir adiós, sin dejar siquiera una nota, sin dar ninguna explicación. Y hacía una hora había descubierto que esa mujer había contado con la ayuda de la dulce maquinadora de ojos canela que se había hecho un hueco en la casa de su madre.

Y, maldita fuera, en su cabeza también. Por enfadado que estuviera tenía que reconocer que esa mujer le atraía. Avanzó hacia ella.

–No sé qué tiene que ver conmigo –ella se levantó del brazo del sofá.

Blake aún no había perdido el control, pero sus músculos estaban en tensión.

–Según Jamison, esa mujer dio a luz a una niña pocas semanas antes de morir.

¡Su niña! ¡Su Molly!

–Al parecer también tenía una amiga que apareció en el hospital pocas horas antes de la muerte

–soltó los puños sobre el brazo del sofá, obligándola a echarse hacia atrás–. Una amiga con cabellos rubios plateados.

–¡Blake! –los ojos de Grace se abrieron desmesuradamente alarmados–. ¡Escúchame!

–No, Grace, suponiendo que te llames así –espetó él con dureza–. La que va a escuchar eres tú. No sé cuánto tenías pensado sacar con todo esto, pero el juego ha terminado.

–No es ningún juego –protestó ella casi sin aliento.

–¿En serio?

–¡Yo no quiero tu dinero!

–Entonces, ¿qué quieres?

–Solo… solo –apoyó las palmas de la mano en la camisa de Blake–. ¡Por el amor de Dios! Apártate.

–¿Solo qué? –insistió él sin moverse.

–¡Maldita sea! –Grace, furiosa y sin rastro de miedo, le golpeó el pecho con el puño–. Lo único que quería, que me importaba, era que Molly tuviera un buen hogar.

Blake se irguió lentamente, se cruzó de brazos y la miró fijamente.

–Empecemos por el principio. ¿Quién demonios eres?

Grace se balanceaba inestable sobre el brazo del sofá. ¡Después de todo lo que había sufrido! Tantos temores y dolores de cabeza. ¿Y todo para terminar así? justo cuando empezaba relajarse por primera

9

vez desde hacía meses. Justo cuando empezaba a pensar que ese hombre y ella podrían…

–¿Quién eres?

Blake repitió la pregunta.

Grace se encogió por dentro ante la idea de divulgar siquiera parte de la sórdida verdad.

–Soy quien afirmo ser –ella miró a Blake a los ojos–. Me llamo Grace Templeton. Enseño… enseñaba Ciencias Sociales en un instituto de San Antonio hasta hace unos meses.

–Hasta hace unos meses –repitió Blake–, cuando solicitaste una excedencia para cuidar de un familiar enfermo. Ese es el cuento que nos contaste, ¿verdad?

Ella sabía que la habían investigado. Ni Delilah ni sus hijos permitirían que nadie se acercara al bebé sin hacer algunas comprobaciones. Pero, con los años, Grace se había vuelto tan experta en entretejer la verdad con mentiras que había superado la prueba.

–No era un cuento.

Blake siseó. Los ojos azules que habían empezado a mirarla con algo más que amistad reflejaban un frío mortal.

–¿Tenías alguna relación con Anne Jordan?

Anne Jordan, Emma Lang, Janet Blair. Tantos seudónimos. Tantas llamadas angustiosas y desesperadas escapadas. Grace casi no era capaz de ordenarlas en su mente.

–Anne era prima mía.

Lo cual no bastaba siquiera para empezar a describir la relación con esa chica que había crecido a una manzana de su casa. Habían sido mucho más que primas. Habían sido amigas íntimas, jugado a las muñecas juntas, compartido secretos y todo lo demás en sus jóvenes vidas.

–¿Estabas con ella cuando murió?

–Sí –susurró Grace–. Estaba con ella.

–¿Y el bebé? ¿Molly?

–Es hija tuya. Tuya y de… Anne.

Blake se dio media vuelta y ella se quedó mirando sus anchos hombros. Deseaba disculparse por tantas mentiras y traiciones. Sin embargo, las mentiras habían sido un mal necesario, y las traiciones… no era ella quien debía rendir cuentas por ellas.

–Anne me llamó –le explicó–. Me contó que tenía una gravísima infección y me suplicó que me reuniera con ella. Esa misma tarde me subí a un avión, pero cuando llegué al hospital ya estaba entrando en coma. Murió aquella noche.

Blake se volvió hacia ella. En sus ojos ardía una pregunta sin formular.

–Anne dijo que fueras el padre de Molly. Estaba casi inconsciente a causa de los fármacos que le habían suministrado. Lo único que entendí fue el apellido Dalton. Sabía que había estado trabajando aquí y…

–Y trajiste a Molly a Oklahoma City –Blake concluyó la frase con despiadada frialdad–, y la dejaste frente a la puerta de mi madre. Después llamaste a Delilah y le contaste que acababas de enterarte de que necesitaba una niñera.

–¡Y era verdad!

–¿Te divertiste mucho al vernos a mi hermano y a mí intentando averiguar cuál de los dos era el padre?

–Ya te he dicho que ni yo sabía cuál de los dos lo era.

Incluso entonces no había estado segura. Los gemelos Dalton compartían más que una aguda inteligencia y un impresionante atractivo. Grace habría entendido que su prima hubiera sucumbido al carisma y la autoconfianza de Alex, y había creído que él era el padre hasta que empezó a percibir la fuerza del tranquilo y competente Blake.

Pero, aunque simpático y accesible, jamás compartía sus pensamientos y guardaba celosamente su vida privada. De haber mantenido una relación con una empleada, seguramente solo él, y quizás su gemelo, habrían estado al corriente en aquella casa.

Había puesto sus esperanzas en las pruebas de ADN y se había sentido tan frustrada como los hermanos Dalton ante los ambiguos resultados.

La subsiguiente búsqueda desesperada de la madre del bebé había sumido a Grace en un estado cercano al pánico. Había jurado mantener el secreto de su prima. No tenía otra elección, el futuro de Molly dependía de ello. Pero Blake había desenterrado una parte de ese secreto. No podía contarle el resto, pero sí intentar ofrecerle una solución.

–Tengo entendido que la paternidad de Molly solo puede establecerse con seguridad si se coteja el ADN del padre con el de la madre. Ella… Anne, fue incinerada y no conservo nada suyo que pueda proporcionarte una muestra.

Ni un cepillo, ni una barra de labios, ni siquiera una postal con un sello pegado. La madre de Molly había vivido años aterrorizada, escondiéndose.

–Pero podrías analizar mi ADN –concluyó con determinación–. He leído que las mitocondrias se heredan únicamente por línea materna.

Había hecho mucho más que leer. Se había pasado horas ante el ordenador, cuando Molly se lo permitía, intentando descifrar artículos científicos. Pero al fin había podido comprender que los cuatrocientos cuarenta y cuatro pares de bases determinaban el linaje materno y, como tal, podían emplearse para rastrear el linaje humano hasta la Eva mitocondrial. A los Dalton les bastaría con saltar una rama del árbol genealógico.

Era evidente que a Blake se le había ocurrido lo mismo, pues los ojos azules la miraron con frialdad mientras le lanzaba un ultimátum.

–Por supuesto que me vas a dar una muestra de ADN. Y, hasta que recibamos los resultados, ni te acerques a Molly.

–¿Cómo?

–Ya me has oído. Te quiero fuera de esta casa. Ahora mismo.

–¡Debes estar de broma!

No lo estaba. Con dos zancadas, Blake salvó la distancia que los separaba y la agarró con fuerza del brazo. Un tirón bastó para apartarla bruscamente del sofá y lanzarla hacia la puerta de la biblioteca.

Capítulo Dos

—Entra

Blake abrió la puerta del Mercedes descapotable de dos plazas.

—¿Adónde vamos?

—Al centro.

—Tengo que decirle a Delilah que me marcho, y recoger algunas cosas –protestó ella.

—Ya se lo explicaré yo. Tú limítate a plantar el trasero en el asiento del coche.

De no haber estado tan aturdida por el giro de los acontecimientos, Grace se habría sentido perpleja ante el brusco comportamiento de Blake. Él era el gemelo amable, educado y solícito. En las semanas que llevaba en casa de Delilah, le había visto desplegar paciencia ante su opresiva madre, consideración con el servicio y una emotiva dulzura con Molly.

—Entra.

Grace intentaba calmar los nervios mientras el descapotable rodaba por el camino. Debería estar acostumbrada a que su vida cambiara de la noche al día. Le había sucedido unas cuantas veces en los últimos años. Una llamada. No hacía falta más. Una desesperada llamada de Hope.

14

No, se corrigió con rabia. Hope no. Anne. Aunque su prima estuviera muerta, no podía olvidar que debía referirse a ella como Anne.

Blake detuvo el coche en el aparcamiento subterráneo de la sede central de Dalton International, en el centro de Oklahoma City.

–Buenas noches, señor Dalton –saludó el vigilante.

–Hola, Roy.

–Imagino que los recién casados ya habrán partido en luna de miel.

–Así es.

–Les deseo lo mejor –el hombre saludó llevándose una mano a la frente–. ¿Qué tal está, señorita Templeton?

–Bien, gracias –Grace sonrió.

A la joven no le había sorprendido el amable saludo. Alguna vez había acudido a las oficinas con Molly y su abuela. Delilah había cedido a sus hijos el control del imperio que ella y Big Jake habían levantado de la nada. Pero lo que no había cedido era su derecho a entrometerse en la empresa, o en la vida de sus hijos. Era habitual que hiciera su entrada, seguida de Molly y la niñera, en medio de alguna reunión del consejo. Y también era habitual que subiera directamente al ático donde sus hijos tenían cada uno su apartamento.

El ático también incluía una suite de lujo para invitados, y allí, al parecer, era donde tenía pensado alojarla, supuso Grace cuando Blake se paró frente al despacho de seguridad para recoger una llave. Instantes después, las puertas del ascensor panorámico se cerraron.

Una vez pasados los tres pisos subterráneos, salieron a la superficie y Oklahoma City se extendió a sus pies. Normalmente, Grace habría dado un respingo ante la imagen, pero aquella noche apenas era consciente de las luces y los rascacielos. Estaba plenamente centrada en el hombre que la acorralaba contra la pared de cristal del ascensor.

Cuando las puertas del ascensor se abrieron, Blake la agarró del brazo y la condujo por un pasillo enmoquetado hacia unas puertas de roble.

¡Ya era suficiente! Grace no se enfadaba casi nunca, pero, cuando lo hacía, tenía un carácter explosivo que le hacía superar el miedo que aún la agarrotaba.

—¡Basta! —exclamó mientras se soltaba y se paraba en seco—. Me has arrastrado fuera de la casa de tu madre como si fuera un ladrón pillado robando la plata. Me obligas a entrar en tu lujoso descapotable. Me haces subir hasta aquí en medio de la noche. Pues no voy a dar un paso más hasta que dejes de actuar como si fueras la Gestapo o el KGB.

Blake enarcó una ceja y, fríamente, consultó la hora en su Rolex de oro.

—Son las nueve y veintidós. No puede decirse que estemos en medio de la noche.

Grace sentía ganas de golpearlo. Abofetear el pétreo rostro de esa atractiva cara. Y lo hubiera hecho de no temer romperse un par de dedos contra la mandíbula.

Además, lo cierto era que se merecía algunas respuestas. El informe del detective habría supuesto un duro golpe. Y hubo un tiempo en que ese hombre había amado a su prima.

–De acuerdo –la tristeza sustituyó a la furia en su corazón–. Te contaré lo que pueda.

Blake asintió y recorrió los últimos pasos hasta la suite de invitados. Abrió las grandes puertas de roble con la tarjeta y Grace entró en la lujosa estancia, que ya había visitado en alguna ocasión sin que por ello se sintiera menos sobrecogida por el lujo.

–No puedo hablarte del pasado de Anne –comenzó–. Le prometí que quedaría enterrado con ella. Pero lo que sí puedo contarte es que fuiste el único hombre al que estuvo unida en más años de los que te puedas imaginar.

–¿Y piensas que me bastará con eso?

–No tienes elección.

–Ahí te equivocas.

Blake se arrancó la pajarita del cuello antes de quitarse la chaqueta del esmoquin.

Delilah presumía a menudo de la gran variedad de deportes que habían practicado sus dos hijos en su época de estudiantes. Ambos seguían en excelente forma física y, en esos momentos, el ancho torso invadía todo el espacio visual de la joven.

–¿Cuántas primas tienes? –preguntó él en tono malicioso–. ¿Y cuánto tiempo crees que le llevará a Jamison encontrarlas a todas?

–No mucho –contestó ella–, pero no encontrará nada de Anne, aparte de su partida de nacimiento,

17

permiso de conducir y algunas fotos del instituto. Nos aseguramos de ello.

–Una persona no puede borrar toda su vida después del instituto.

–Pues ella sí.

Grace se dejó caer en el sofá de cuero y Blake hizo lo propio en el sofá de enfrente.

–No es sencillo, ni barato –continuó ella–, pero se puede conseguir con ayuda. Sobre todo si esa ayuda es capaz de entrar en casi cualquier sistema informático.

Como el de la oficina del censo de Texas. Había requerido la participación de un buen *hacker*, pero al fin habían podido borrar todo rastro del matrimonio de Hope Patricia Templeton con Jack David Petrie.

Una familiar tristeza se le instaló en el estómago a la joven. Su ingenua y confiada prima había creído en las promesas de amor y fidelidad de Petrie. Pero, tal y como había explicado el bastardo durante los meses que siguieron, su esposa no necesitaba tener acceso a las cuentas bancarias. Ni tarjeta de crédito. Ni un trabajo. Y tampoco necesitaba registrarse para votar, a fin de cuentas no había ningún candidato que mereciera su voto. Y, desde luego, no necesitaba hablar con un consejero matrimonial, había añadido cuando al fin ella había comprendido que se había convertido en prisionera de su marido.

Económicamente dependiente y emocionalmente destrozada, había vivido largos años de aislamiento. Jack la sacaba cuando deseaba mostrar a su bonita esposa y luego volvía a arrojarla al lugar que debía ocupar: su cama. Tampoco había tardado mucho en apartarla de los amigos o parientes. Salvo de Grace. Ella se había negado a ser excluida, incluso después de que Petrie se enfureciera por sus intromisiones, coincidiendo con el aparente fallo mecánico del acelerador del coche sufrido en medio de la autopista.

Después de aquello, Grace y Hope se habían vuelto más precavidas. Las visitas terminaron, al igual que las cartas y los mensajes de correo electrónico. También se interrumpieron las llamadas telefónicas a la casa. Solo la llamaba al teléfono público del supermercado, el único sitio en el que Jack permitía comprar a su esposa. Y a pesar de todo, había tenido que suplicarle durante más de un año antes de que se decidiera a huir.

Grace no quería recordar los terroríficos años que siguieron. El miedo descabellado. Las interminables mudanzas. La serie de falsas identidades y números de la seguridad social. Hasta que al fin una mujer llamada Anne Jordan había encontrado el anonimato y una relativa seguridad en la empresa Dalton International donde no era más que uno de los miles de empleados. Una simple recepcionista que jamás entraría en contacto con el director financiero.

Pero eso, precisamente, era lo que había hecho.

–Por favor, Blake. Por favor, créeme cuando te digo que Anne deseaba llevarse su pasado a la tumba. Lo único que le preocupaba en sus últimos y agonizantes instantes de vida era asegurarse de que Molly llegara a conocer a su padre.

Más aún, que Molly tuviera el apellido y la protección de alguien completamente desconocido para Jack Petrie.

Grace rezó por haber convencido a Blake aunque, por supuesto, no fue así. El abogado que llevaba dentro no quedaría satisfecho hasta haber desenterrado y removido cada evidencia.

–Por favor, yo… apenas pude hablar con Anne el año pasado.

No se había atrevido. Jack Petrie tenía muchos contactos en la policía de Texas y Grace era consciente de haber sido puesta bajo vigilancia en varias ocasiones, quizás incluso le habían pinchado el teléfono o colocado un dispositivo de rastreo en el coche. Eso le había obligado a implicar a todos sus amigos, tomándoles prestados los coches o utilizando sus teléfonos para mantener contacto con su prima.

Jack no sabía nada del último y desesperado vuelo de Grace a California. Se había asegurado de ello. Había vaciado sus cuentas bancarias, un amigo le había llevado al aeropuerto y había pagado en metálico el billete de avión hasta Las Vegas, donde había alquilado un coche para atravesar el desierto en dirección a San Diego.

Cinco angustiosos días después, había hecho el mismo camino, pero a la inversa, con Molly. Pero, en lugar de volar de regreso a San Antonio, había tomado un autocar hasta Oklahoma City.

Hacía semanas, desde que había conseguido el puesto como niñera del bebé, que no había utilizado el móvil o sus tarjetas de crédito. Tampoco había ingresado los cheques que Delilah le había extendido. Su intención era regresar a la enseñanza en cuanto Molly estuviera instalada con su padre. Cuanto más tiempo pasara con el bebé, más dolorosa sería la perspectiva de separarse de ella.

Y la idea de separarse de Blake Dalton era casi igual de angustiosa. Últimamente su mente se había detenido en él más de lo necesario. Sobre todo durante la noche. La creciente inclinación erótica de sus pensamientos le despertaba algún que otro sentimiento de culpa.

–Cuéntame cómo os conocisteis Anne y tú –suplicó, recordando que ese hombre había sido el gran amor de su prima–. Cómo…

–¿Cómo fue engendrada Molly?

–Sí. Anne era muy precavida con los hombres.

Más que precavida, insegura, atemorizada, aterrada.

–Por favor –insistió en un susurro–. Cuéntamelo. Me gustaría saber que al menos conoció algo de felicidad antes de morir.

Blake la miró fijamente durante unos segundos antes de soltar un suspiro.

–Creo que durante las semanas que estuvimos juntos fue feliz. Sin embargo, nunca estuve seguro de ello. Me llevó una eternidad sacarle algo más que un saludo. E, incluso después de conseguir que aceptara salir conmigo, no quería que nadie en la empresa supiera que nos estábamos viendo. Decía que daría mala imagen.

La voz de Blake se tiñó de una nota de desprecio hacia sí mismo.

–Nunca me dejaba llevarla a cenar o al teatro, o a cualquier sitio donde pudieran vernos juntos. Siempre era en su casa o en un hotel.

No podía ser de otro modo. Grace lo sabía. Su prima no podía correr el riesgo de que algún reportero de sociedad empezara a extender los rumores sobre la última conquista del millonario y atractivo Blake Dalton. O que una foto suya apareciera publicada en internet.

Aun así, se arriesgó a reunirse con él en un hotel. Y al descubrirse embarazada, no había tenido otra elección salvo huir. Deseaba desesperadamente ese bebé, pero no podía anunciarle el embarazo a Blake, quien habría insistido en darle su apellido a la criatura, o al menos reclamar sus derechos legales como padre. La identidad falsa de Hope no habría resistido las investigaciones, y la revelación del verdadero nombre habría conducido a Petrie hasta ella. Por eso había huido. De nuevo.

–¿La amabas?

Grace no había tenido intención de soltar algo así sin más. Ni tampoco había tenido la intención de sentir celos de su prima.

Sin embargo, sabía que Blake debía haber sido cariñoso con ella. Sus labios habrían tocado una suave melodía sobre su piel, y esas fuertes y bronceadas manos debían haberla acariciado y calmado.

–No lo sé.

Sintiéndose culpable, Grace devolvió la atención al rostro de Blake.

–Me importaba –continuó él–. Lo bastante como para insistirle en que se acostara conmigo. Pero cuando se marchó sin decir una palabra, me enfurecí y me sentí herido.

La pena y el remordimiento se reflejaron en el rostro del hombre.

–Después recibí el informe sobre el accidente de autobús…

Blake se interrumpió y le dedicó a Grace una mirada cargada de feroz acusación.

–Yo no estaba con ella cuando sucedió –se defendió ella–. Anne estaba sola en su coche. El accidente sucedió justo delante de ella y, aunque impresionada, se apresuró a ayudar.

–Y se dejó el bolso en la escena.

–Sí.

–¿A propósito?

–Sí.

–¿Por qué?

–No puedo contártelo –Grace suspiró–. Le prometí que su secreto moriría con ella.

–Pero no fue así –objetó Blake–. Molly es la prueba viviente.

–Es tu hija, Blake –ella se arrodilló sobre el sofá–. Por favor, acéptalo.

–Lo único que tengo –contestó él con frialdad–, es tu palabra de que Anne y yo tuvimos una hija. Enviaré la muestra de ADN que me has ofrecido. En cuanto tengamos los resultados decidiremos qué hacer.

–Lo que yo debo hacer es regresar a casa de tu madre. No podrá cuidar de Molly ella sola.

–Yo la ayudaré, y cuando no pueda, alguien más lo hará. Tú te quedas donde estás.

Blake se levantó, se encaminó hacia el bar junto a la pared y tomó un vaso.

–Escupe.

Capítulo Tres

El melodioso timbre de la puerta atravesó el sueño de Grace. La melodía cesó y fue sustituida por unos impacientes golpes. Grace se incorporó y consultó la hora.

¡Las siete y media! Se había quedado dormida, saltándose la primera toma de Molly.

Saltó de la cama, deteniéndose al comprender varias cosas. Una: aquella no era su habitación en la mansión de Delilah. Dos: solo llevaba puestas unas braguitas color lavanda. Y tres: ya no era la niñera de Molly.

Rápidamente recuperó la blusa y los pantalones, se vistió y se dirigió a la puerta. Tenía bastante idea de quién podría estar golpeándola. Había pasado casi un mes con la autocrática, en ocasiones irascible, y siempre bondadosa matriarca de los Dalton.

De manera que no le sorprendió verla al otro lado de la puerta. A quien sí le sorprendió ver fue al bebé, cómodamente instalado en una mochila apoyada contra la cadera de su abuela. Delilah esperó a que Grace soltara la cadena e irrumpió en la suite.

–Delilah, yo…

–¡No me vengas con Delilah! –la mujer pisoteó con fuerza el suelo–. ¡Ni te atrevas!

Grace cerró la puerta y la siguió hasta el salón. Le hubiera gustado disponer de unos segundos para arreglarse un poco. ¡Y café! Necesitaba desesperadamente un café.

Había pasado una noche agitada y durante las pocas horas que había conseguido dormir, había soñado con Anne. Y con Blake. Ella también estaba en los sueños, testigo perplejo de cómo la rabia de Blake se había transformado sin previo aviso en una ardiente pasión que la había despertado sofocada y casi sin poder respirar. Los rescoldos del deseo aún persistían mientras observaba a Delilah soltar la bolsa con los pañales.

Su jefa tenía un día selvático, a juzgar por la bolsa con dibujo de cebra y el vestidito del bebé estampado con monitos sonrientes. La propia Delilah llevaba unas mallas de leopardo y una enorme camiseta que anunciaba el nuevo hábitat para gorilas de la ciudad.

—No te quedes ahí —le espetó a Grace—. Saca la mantita de la bolsa de los pañales.

Hasta la mantita estaba estampada en colores verdes, amarillos y rojos. Grace la extendió a una distancia prudencial de la mesita de café. Molly empezaba a gatear y le gustaba apoyarse sobre las manos y las rodillas para levantar la cabeza y contemplar el mundo.

Delilah se aseguró de que el bebé estuviera a salvo antes de señalar a Grace con un dedo.

—Siéntate —ella misma se sentó en una silla manteniendo al bebé entre ella y Grace.

–¿No te apetece un café primero? –preguntó la joven mirando esperanzada hacia la cocina, totalmente equipada, de la suite–. Podría preparar uno rápido.

–Olvídate del café y empieza a hablar.

Grace suspiró y se mesó los cabellos sin peinar. Delilah no se lo iba a poner fácil.

–No sé qué te habrá contado Blake –al no recibir respuesta, continuó–. De acuerdo, te lo resumiré. La madre de Molly era mi prima. Mientras trabajó para Dalton International, tuvo una breve aventura con tu hijo, pero murió antes de poder decirme de qué hijo se trataba, de modo que traje a Molly y conseguí ser contratada como niñera mientras Alex y Blake aclaraban el asunto de la paternidad.

–Si uno de mis hijos dejó embarazada a tu prima, ¿por qué no tuvo las agallas, o la decencia, de contarle lo del bebé? –preguntó Delilah mirándola con ojos de acero.

Grace se puso tensa. Proteger a Hope… ¡a Anne!, se había vuelto para ella en algo tan natural como respirar.

–Se lo dije a Blake, y te lo digo a ti. Anne tenía buenos motivos para hacer lo que hizo, pero deseaba que esos motivos fueran enterrados con ella. Sin embargo, no quiso que su bebé creciera sin al menos conocer a su padre.

–¡No seas arrogante conmigo, niña! –espetó Delilah con rabia.

La brusca respuesta sobresaltó a Molly, que se volvió hacia su abuela y se cayó de lado. Ambas se lanzaron instintivamente hacia ella, que ya volvía a ponerse de rodillas.

—Soy yo quien se tragó tu historia de la profesora sin trabajo, ¿recuerdas? Gracias a ella entraste en mi casa. ¡Confié en ti, maldita sea!

Grace no consideró oportuno señalar que no había mentido sobre ser una profesora sin trabajo... temporalmente.

—Lo siento, pero no podía hablarte de mi conexión con Molly.

—¡Ja!

—Le prometí a mi prima que me aseguraría de que Molly estuviera cuidada y querida —Grace contempló al bebé, que se tambaleaba alegremente sobre la mantita y, lentamente, devolvió la mirada a Delilah—. Y lo he conseguido.

—Me enorgullezco de saber juzgar a los demás —comenzó la mujer mayor tras un largo silencio—. Hasta ese zángano con el que me casé cumplió con mis expectativas.

En más de una ocasión Delilah se había quejado de que Big Jake hubiera muerto antes de que ella descubriera lo de su amiguita. Su muerte habría sido mucho menos dulce...

—¿Es verdad todo lo que acabas de contarme? —exigió saber la matriarca de los Dalton.

—Sí, señora.

—¿La madre de Molly era realmente tu prima?

—Sí.

—Bueno, supongo que eso lo sabremos dentro de poco. El maldito laboratorio está ganando una fortuna con todas esas pruebas de ADN que le hemos pedido.

Frunció los labios y los movió de un lado a otro antes de tomar una decisión.

–Te he visto con Molly. No creo que seas una farsante con intenciones de extorsionarnos. Sin embargo, vas a tener que convencer a Blake.

–No puedo contarle más de lo que ya he hecho.

–Tú no lo conoces como yo. Tiene su manera de conseguir lo que quiere. Y yo también –añadió mientras se levantaba de la silla–. Yo también. Vamos, Mol, vamos a ver a papá.

Grace se puso en movimiento sin pensárselo y, tras estampar unos sonoros y húmedos besos en las mejillas del bebé, ayudó a instalarla de nuevo en la mochila.

–Siento mucho que Blake no me permita ocuparme de Molly.

–Nos las apañaremos hasta que se aclare todo este lío.

Suponiendo que se aclarara. Pasaban los días y Grace se sentía cada vez más inquieta.

Blake le había hecho llegar sus cosas e intentó interpretarlo como una buena señal. Al parecer no temía que fuera a desaparecer como había hecho su prima.

No obstante, no se puso en contacto con ella en ningún momento, y eso le preocupaba, además de provocarle una inquietante e irritante sensación de dolor. Apartada por primera vez de sus vidas comprendió lo unida que se sentía a los Dalton, madre e hijo. ¡Por no hablar de Molly! Grace echaba de menos poder acunar al bebé y bañarla.

Siempre había sabido que, tarde o temprano, tendría que salir de la vida de Molly. Cuanto más tiempo se quedara allí, más peligro había de que Jack Petrie la encontrara en Oklahoma City y se preguntara qué hacía allí. Al fin, poco después de las seis de la tarde, Blake llamó para darle un breve mensaje.

–Necesito hablar contigo.

–De acuerdo.

–Estoy abajo –le informó él–. Subiré en unos minutos.

Al menos se sentía un poco más preparada para encontrarse cara a cara con él que la última vez. Llevaba los cabellos recogidos y un poco de brillo en los labios. El poco tiempo de que disponía lo invirtió en respirar hondo e intentar calmarse.

No es que le sirviera de gran cosa, pues el Blake Dalton al que abrió la puerta no era el que ella conocía. Cuando aparecía por casa de su madre, siempre iba vestido de traje, camisas bien planchadas y pantalones con la raya marcada. Y a la boda, por supuesto, había asistido vestido de esmoquin. Pero el Blake que apareció en la suite llevaba unos vaqueros desteñidos de cinturilla baja y una camiseta negra que se pegaba a los anchos hombros. Seguía teniendo aspecto duro e intransigente, pero los ojos azules parecían un poco menos fríos.

–Ya tenemos los resultados del laboratorio.

Sin decir una palabra, Grace lo dejó entrar en la suite. Las persianas estaban bajadas para proteger del fuerte sol, confiriéndole al salón un aspecto más pequeño, más íntimo. Demasiado íntimo.

–¿No vas a preguntar por los resultados?

–No me hace falta –contestó ella encogiéndose de hombros–. A no ser que el laboratorio la haya fastidiado, el resultado debe confirmar que Molly y yo somos parientes.

–No la ha fastidiado.

–De acuerdo –ella se cruzó de brazos–. ¿Y ahora qué?

El rostro de Blake reflejó sorpresa.

–¿Y qué te esperabas? –preguntó Grace–. ¿Pensabas que iba a arrojarme en tus brazos porque al fin has aceptado la verdad?

El gesto de sorpresa no desapareció, pero los ojos se detuvieron en la boca y la mirada cambió, volviéndose más oscura, más intensa. Como si la idea de que se arrojara en sus brazos no le resultara del todo descabellada.

Y una vez verbalizada la idea, a ella tampoco se lo resultó. En realidad, al contrario. Le bastaría con dar un paso, deslizar las manos por sus hombros y…

Tal y como había hecho su prima.

Un sentimiento de culpa devolvió a Grace a la realidad. Ese hombre había sido el amante de Anne. El padre de su bebé. Como mucho, la consideraría un problema a resolver.

–Ahora ya lo sabes –ella se encogió de hom-

31

bros–. Eres el padre de Molly. Y sé que serás un buen padre. Ha llegado el momento de regresar a San Antonio.

–¿Ya está? –Blake frunció el ceño–. ¿Vas a salir de su vida, así sin más?

–Podré venir a verla cuando quiera.

Después de asegurarse de que Jack Petrie no hubiera averiguado lo de Oklahoma City.

–Hay que solucionar algunos asuntos legales –protestó él–. Necesitaré la partida de nacimiento de Molly. El certificado de defunción de su madre.

En ambos certificados se reflejaba el nombre y número de la seguridad social falsos que su prima había utilizado en California y Grace rezó para que esos documentos le sirvieran a Blake.

–Te enviaré las copias –le prometió ella.

–De acuerdo –Blake hizo una pausa–. Espero que sepas que habría ayudado a Anne a solucionar cualquier problema que tuviera.

–Sí –susurró ella–. Lo sé.

–Anne no fue capaz de confiar en mí –él buscó sus ojos–, pero espero que tú sí, Grace.

Deseaba hacerlo. ¡Cómo deseaba hacerlo!

–Confío en que ames a Molly –contestó cuando al fin pudo tragarse el nudo de la garganta.

Despedirse del bebé resultó tan difícil como lo había sido despedirse de Blake. Molly estalló en alegres gorjeos cuando vio a su niñera y alzó los bracitos en busca de un abrazo.

Grace consiguió no llorar hasta que el coche de alquiler estuvo en la carretera interestatal y, para cuando cruzó el río Red que marcaba la frontera de Texas, le dolía la garganta y tenía los ojos tan hinchados que tuvo que pararse en una zona de servicio para echarse agua fría en el rostro. Seis horas después, cuando llegó a San Antonio, seguía penando por los lazos cortados con Molly y por la mujer que había sido su prima y mejor amiga desde la infancia.

El diminuto apartamento le resultó rancio y opresivo. Con la vista recorrió la distancia entre el salón y la cocina, del tamaño de un armario. Le encantaba su casa, pero también era cierto que todo su apartamento cabía en el recibidor de la mansión de Delilah.

En cuanto deshizo el equipaje y encendió el ordenador, escaneó los certificados que había prometido enviar a Blake. Una vez hecho, repasó los cientos de correos electrónicos que se habían acumulado en su ausencia e intentó recomponer los cachitos de su vida.

Las dos semanas que siguieron parecieron interminables. El colegio no empezaría hasta finales de mes. Desgraciadamente, la excedencia de Grace había obligado al instituto a recolocar a los profesores cara al trimestre de otoño y lo mejor que había podido prometerle el director era un puesto como sustituta hasta después de Navidad.

Todo eran cabos sueltos, pero lo peor era lo mucho que echaba de menos a Molly. El bebé se había hecho un hueco permanente en su corazón.

Únicamente en algunos momentos se sentía capaz de admitir que echaba de menos al padre de Molly tanto como al bebé. Grace echaba de menos verlo y oír sus risas cuando le hacía cosquillas a Molly.

La única alegría en esos últimos días de verano fue no tener noticias de Jack Petrie. Empezaba a respirar de nuevo, convencida de haber borrado sus huellas. La falsa sensación de seguridad duró hasta una tarde lluviosa en que sonó el timbre.

Al asomarse a la mirilla, sintió una terrible conmoción. Un segundo más tarde, el pánico le estalló en el pecho. Los dedos giraron torpes el pomo y casi arrancó la puerta al abrirla.

—¡Blake!

Grace apenas se fijó en los cabellos mojados por la lluvia.

—¿Está…? —el corazón le golpeó con fuerza en el pecho—. ¿Está bien Molly?

—No.

—¡Dios mío! ¿Qué le ha pasado?

—Te echa de menos.

—¿Cómo? —ella lo miró boquiabierta.

—Te echa de menos. Está imposible desde que te fuiste. Mi madre dice que son los dientes.

Molly no estaba herida. No la habían secuestrado. Aliviada, se apoyó contra la puerta.

—Eso, y que ha dicho su primera palabra.

¡Y ella se había perdido ambas cosas!

–¿Puedo pasar? –preguntó Blake mirando al interior del apartamento.

–¿Eh? Claro, por supuesto –Grace se hizo a un lado–. ¿Qué palabra dijo Molly?

–Pensábamos que era *ga-ga* –le informó él con una tímida sonrisa–. Mi madre insistió en que intentaba decir *gabuela*, pero terminó con un siseo.

Grace repitió el sonido mentalmente y sintió que el estómago le daba un vuelco.

–¿Gace? ¿Molly dijo Gace?

–Y lo ha repetido varias veces.

–Yo… eh…

Blake esperó varios segundos, pero ella no parecía capaz de elaborar una frase coherente.

–Queremos que vuelvas, Grace.

Sobresaltada, levantó la vista para encontrarse la mirada azul fija en ella.

–¿Quiénes?

–Todos. Mi madre, Julie, Alex y yo.

–¿Ya han vuelto de la luna de miel?

–Anoche.

–Y tú… –Grace tuvo que interrumpirse para tomar aire–. ¿Tú quieres que regrese a mi puesto como niñera de Molly?

–Como su niñera no. Como mi esposa.

Capítulo Cuatro

A Blake no le extrañó la angustia reflejada en el rostro de Grace. Durante el vuelo a San Antonio no había dejado de reprocharse lo descabellado de proponerle matrimonio a una mujer que no le había confiado la verdad.

Y aún más descabellado era echarla de menos como lo hacía. Se había hecho un hueco en casa de su madre, y en el corazón de Molly. Les había mentido, a todos, al menos por omisión. Aun así, el vacío que había dejado tras ella se agrandaba a cada hora que pasaba.

—¡Estás loco! ¡No puedo casarme contigo!

—¿Por qué no?

—Porque… porque —era lo único que acertaba a balbucear.

Blake pensó por un instante que iba a contarle toda la verdad. A confiar en él. Pero cuando no lo hizo, se tragó la amarga píldora de la desilusión.

—¿Por qué no nos sentamos? —sugirió con fingida calma—. Para hablarlo.

—¿Hablarlo? —a Grace le entró un ataque de risa nerviosa—. ¡La primera vez que me proponen matrimonio y él quiere hablarlo! Por supuesto, letrado, tome asiento.

Blake se sentó en el sofá y Grace en una silla frente a él. El sobresalto inicial de la joven había dado paso, visiblemente, a una incontenible ira.

Mejor sería que no olvidara el motivo de su visita. Debía abordar el reto del mismo modo que abordaba todos los que se le presentaban. Con frialdad y lógica.

—Desde que te marchaste, Grace, he estado pensando. Molly se te da muy bien. Y tanto el bebé como mi madre tienen problemas para adaptarse a tu ausencia.

Y no solo ellas. Blake sentía una enorme irritación al admitir que no había sido capaz de sacarse a esa mujer de la cabeza.

—También eres el pariente más cercano de Molly por parte de madre —continuó.

Al menos hasta donde él supiera, aunque su intención era seguir haciendo indagaciones.

—Es verdad —asintió Grace—. Los padres de Anne están muertos y ella era hija única.

Blake esperó, animándola a compartir más información sobre su prima. De repente, fue consciente de que apenas recordaba el aspecto de Anne.

—Sé que atraviesas algunos apuros económicos —cambió de argumento.

—¿Has hecho que Jamison investigue mis cuentas? —Grace se sobresaltó.

—Sí —admitió él—. Supongo que te arruinaste ayudando a Anne y a Molly. Te lo debo, Grace.

—¿Tanto como para casarte conmigo? —espetó ella.

–Eso es solo una parte de la ecuación –Blake se detuvo. Estaba a punto de abordar un tema delicado–. Por supuesto, hay otras consideraciones. Algo asustó a Anne lo suficiente como para hacerle huir. Y también debe asustarte a ti, de lo contrario no te habrías implicado tanto para protegerla.

Había dado en la diana. Lo supo por el modo en que Grace evitó mirarlo a los ojos y lamentó no haber podido proteger a Anne de quien, o qué, la hubiera amenazado. Automáticamente sintió la determinación de proteger a Grace. Luchando contra la urgencia de sacarle toda la verdad, le ofrecía su apellido y todo el poder de que disponía.

–Cuidaré de ti –le prometió–. De ti y de Molly.

En los ojos de Grace se reflejaba el deseo de rendirse y Blake se congratuló por ello, satisfecho por ganarse su confianza y también por la primitiva necesidad masculina de proteger a la hembra elegida.

Pero la satisfacción no duró mucho, únicamente lo que ella tardó en sacudir la cabeza.

–Te lo agradezco, Blake. No sabes hasta qué punto, pero puedo cuidar de mí misma.

Hasta ese momento, él no había sido consciente de lo decidido que estaba a colocarle ese anillo en el dedo. Y sacó el triunfo que guardaba en la manga.

–Hay otro aspecto a considerar. Ahora mismo, no puedes reclamar ningún grado de parentesco con Molly. Y eso afectaría a tus posibilidades de verla.

–¿Qué quieres decir? –Grace se puso tensa–. ¿No me dejarás verla si no me caso contigo?

–No, lo que digo es que no tendrás ningún derecho legal en lo que a ella respecta. Mi madre cada vez está más mayor –le recordó fríamente–. Y si algo nos sucediera a Alex o a mí...

Era un abogado demasiado bueno como para sobreactuar y, encogiéndose de hombros, permitió que fuera ella la que se imaginara los escenarios posibles.

La creciente indignación de Grace era evidente. Apenas podía dar crédito a sus oídos. La había atrapado en su propia red de mentiras y medias verdades. Si quería ver a Molly, y lo deseaba desesperadamente, debía jugar según las reglas de Blake Dalton.

Pero, ¿casarse? ¿Estaba dispuesta a hipotecar su futuro por el bien del bebé? La perspectiva la inquietaba lo suficiente como para generar una cascada de preguntas.

–¿Y el amor qué, Blake? ¿Y el sexo? ¿Y todo lo demás que conlleva el matrimonio? ¿No quieres todo eso también?

Con un suave movimiento, Blake se levantó del sofá y se acercó a ella.

–¿Y tú? –preguntó él.

–¡Por supuesto que lo quiero!

–Entonces no veo dónde está el problema –por primera vez, los ojos azules brillaron burlones–. El sexo es ciertamente posible. En cuanto al amor, trabajaremos en ello.

Grace no se sentía capaz de pensar coherentemente con él tan cerca. Además, la sangre le martilleaba con fuerza en los oídos y le costaba respirar. Debió haber sido esa privación de oxígeno lo que le hizo aceptar la descabellada proposición.

–Muy bien, señor abogado. Ya ha expuesto sus argumentos. Quiero formar parte de la vida de Molly y, por tanto, me casaré contigo –afirmó poniéndose en pie.

Ambos habían llegado demasiado lejos para echarse atrás, pero aún le quedaba un último guante que arrojar a los pies de ese hombre.

–Solo tengo una condición.

–¿Y cuál es?

–El matrimonio debe ser discreto. Nada de anuncio oficial, ni una elegante ceremonia, ni una gran celebración con fotógrafos de prensa.

Grace paseó nerviosa por la habitación. Había borrado sus huellas en Oklahoma City, de eso estaba segura. Aun así, lo mejor sería aferrarse a la verdad todo lo que fuera posible.

–Si alguien pregunta, nos conocimos hace unos meses. Nos enamoramos, pero necesitábamos tiempo para estar seguros. Y cuando volaste hasta aquí este fin de semana para verme, comprendimos que era amor verdadero, de modo que buscamos a un juez de paz que nos casó en unos minutos. Punto final.

Volviéndose hacia él con los brazos en jarras, esperó su reacción.

–¿Y bien? –insistió ella–. ¿Tenemos un trato o no?

Blake extendió una mano para sellar el negocio

y ella comprendió todas las implicaciones. Aunque la horrible experiencia de su prima no hubiera borrado todas las fantasías que había tenido sobre el matrimonio, ese frío hombre de negocios lo habría logrado sin duda.

Sin embargo, Blake no estrechó la mano que ella le ofreció. Para su sorpresa, la agarró por la cintura y la atrajo hacia sí.

–Si vamos a fingir estar enamorados, lo mejor será practicar un poco para las cámaras.

–¡No! Nada de cámaras, ¿recuerdas? Nada de fotos…

La frase se interrumpió al quedar sus labios inmovilizados por la boca de Blake. El beso resultó todo lo bueno que ella se había imaginado que sería. Con la sangre rugiendo en sus venas, se deleitó en la sensación del masculino cuerpo contra el suyo durante un segundo, o dos, o diez.

Blake se apartó unos centímetros.

–Lo siento.

–Más te vale –espetó ella–. Violentarme no formaba parte del trato.

–Tienes razón. Ha sido imperdonable.

Aun así, por algún perverso motivo, la disculpa le irritó más que el beso.

–¿Va a hacer falta negociar una cláusula añadida? –preguntó ella con ironía–. ¿Algo para estipular que el contacto físico debe ser consensuado?

–Aceptada la moción –las mejillas de Blake se tiñeron de rojo–. Claro está, si aún quieres seguir adelante con el contrato.

–¿Y tú quieres?

–Sí.

–Entonces yo también.

–De acuerdo –la mirada de Blake recorrió el cuerpo de Grace, deteniéndose en las piernas–. Será mejor que te cambies.

–¿Disculpa?

–Tú pusiste las condiciones. Volé hasta aquí para verte. Decidimos que lo nuestro era amor verdadero. Buscamos a un juez de paz. Punto final.

–¿Quieres que nos casemos hoy?

–¿Por qué no?

A Grace se le ocurrían cientos de motivos. Para empezar, aún no se había recuperado del beso.

–Sacaremos la licencia de matrimonio en los juzgados de Bexar. Un viejo amigo de mi padre es juez allí. Le llamaré para preguntarle si está dispuesto a oficiar la ceremonia –sacó el móvil del bolsillo–. Mete lo que vayas a necesitar en Oklahoma en un bolso. Contrataremos una empresa de mudanzas para que lleve el resto.

Apenas tres horas más tarde, partieron hacia los juzgados. Blake conducía un coche alquilado. Mirando por la ventanilla, Grace sufría una creciente sensación de irrealidad.

Como todas las jóvenes, su prima y ella habían pasado horas jugando a las novias. Y durante interminables noches se habían imaginado con detalle el día de sus bodas. El preferido de Grace incluía una iglesia que olía a flores y velas perfumadas, una radiante novia vestida de blanco y un montón de amigos en los bancos.

Con el tiempo fue sustituida por una versión más íntima en la que solo estarían ella, el novio, su prima, el padrino y el pastor. Todo bajo un mirador techado y con la familia sentada en sillas de plástico. Incluso en alguna ocasión se había dejado seducir por la idea de Elvis llevándola al altar en una de las capillas para bodas de Las Vegas. Pero esa versión apresurada, nada romántica, jamás habría surgido de su imaginación.

La realidad se hizo patente cuando atravesaron la encharcada plaza hasta los juzgados de Bexar. El edificio estaba registrado como lugar histórico, pero escoltada por Blake, mientras subían las escaleras, le resultó sombrío y premonitorio.

El aburrido conserje mostró muy poco interés en su solicitud y bostezó descaradamente mientras los novios rellenaban el formulario. Cinco minutos y treinta y cinco dólares después, entraron en el despacho del juez Victor Honeywell. Al menos su ayudante sí pareció algo sensible ante la ocasión.

–Ya no recuerdo la última vez que celebramos una boda relámpago –el rostro de la mujer resplandecía–. Hoy en día las novias necesitan un año entero solo para elegir el vestido.

No como Grace, que se había puesto un vestido de lino blanco.

La ayudante del juez le dedicó una mirada de admiración a Blake antes de volverse hacia la novia.

–Esto acaba de llegar para usted.

Agachándose, sacó de debajo de una mesa un ramo de rosas blancas con una cinta azul.

–La cinta, por cierto, es el cinturón de mi impermeable –aclaró la mujer con los ojos brillantes–. Ya conocen el dicho: algo prestado, algo azul.

–Gracias –a Grace se le formó en la garganta un nudo.

–No hay de qué. Y esto es para usted –la mujer enganchó una rosa blanca en la solapa a Blake–. ¡Ya está! Y ahora les llevaré ante el juez Honeywell.

–La señorita Templeton y el señor Dalton, señoría.

El hombre, acomodado en lo que solo podía calificarse como un trono de cuero, se levantó de un salto. La negra toga acababa donde comenzaban unas puntiagudas botas de vaquero. Al menos tendría sesenta y tres años, alto y con un enorme bigote. Extendió con entusiasmo una enorme y áspera mano, y Blake tuvo que retroceder un paso para evitar ser apuñalado por el exageradamente tieso mostacho.

–¡Por todos los demonios! De manera que eres el chico de Big Jake Dalton.

–Uno de ellos –contestó Blake.

–Te advertiría sobre el riesgo de casarse con un hijo de Big Jake –Honeywell desvió la mirada hacia Grace–, si no fuera porque eligen a las mujeres más bonitas de los cincuenta estados –el bigote se movió de un lado a otro–. Hablando de Delilah, ¿será vuestro testigo?

–No, pero mi hermano sí.

¡Era la primera noticia que tenía Grace! Y levantó la vista sorprendida.

–Alex debería llegar en cualquier momento. Es más…

Blake ladeó la cabeza, imitado por Grace. A lo lejos se oían pisadas e instantes después apareció la asistente del juez con el gemelo de Blake y una pelirroja que arrancó de Grace un grito de alegría.

–¡Julie!

Instintivamente dio un paso hacia la mujer con la que tanto había congeniado durante su estancia en Oklahoma City. Sin embargo, una sensación de culpa hizo que se parara en seco. No es que hubiera mentido a Julie o a los Dalton, pero tampoco les había contado la verdad. Alex y su flamante esposa debieron haberse sentido igual de furiosos que Blake al descubrir el engaño.

Pero no fue contrariedad lo que reflejaba el rostro de su amiga, sino decepción y exasperación.

–¡Grace! –Julie abrazó a la novia con ramo y todo–. No tenías que haber pasado por todo eso tú sola. Deberías habérmelo contado. Yo te habría guardado el secreto.

Grace contuvo las lágrimas.

Alex no parecía tan conciliador como su esposa, y no podía culparle por ello. Lo había visto jugar con Molly y era evidente que la amaba tanto como Blake. La transición de posible padre a tío debía haberle dolido considerablemente.

–Lo siento, Alex –una disculpa era lo único que

podía ofrecerle–. No sabía cuál de los dos era el padre de Molly.

Durante unos segundos, estudió el rostro de Grace, y ella se preparó para lo peor, pero sus siguientes palabras no incluyeron ni la condena ni la mordacidad que había esperado.

–Todos, incluyéndome a mí, opinamos que Blake es el mejor, pero cuando se empeña en algo, puede ser tan despiadado como yo, y tan obstinado como nuestra madre. Blake nos ha convencido de que desea este matrimonio. ¿Lo deseas tú?

La mano de Grace se cerró con fuerza sobre las rosas. Aspirando su aroma, se volvió hacia el novio. Blake parecía tranquilo, pero los ojos azules estaban fijos en ella.

–Sí –contestó tras dudar solo un instante–. Estoy segura.

¿Era satisfacción o pánico lo que le pasó fugazmente por el rostro a Blake? Grace aún no lo había decidido cuando el juez empezó a gritar órdenes.

–De acuerdo, chicos. Juntaos todos para que podamos amarrar a estos dos.

Blake extendió una mano y Grace la aceptó, rezando para que no notara el salvaje latido del corazón contra las costillas. Mientras se volvían hacia el juez, se recordó que lo hacía por Molly.

Sobre todo.

Capítulo Cinco

Estaba sucediendo de verdad. Aquello era real. Grace tuvo que luchar contra el impulso de pellizcarse mientras Blake le deslizaba un anillo de diamantes por el dedo anular.

–Con este anillo –sonó la voz del juez.

–Con este anillo –repitió el novio.

–Yo te desposo.

–Yo te desposo.

Los diamantes atraparon la luz de la lámpara del techo. Unos destellos brillantes de colores bailotearon por el aire. Grace ni se atrevía a imaginarse cuántos quilates tendría.

–Por la autoridad que me confiere el estado de Texas –continuaba el juez Honeywell–, yo os declaro marido y mujer –esperó unos segundos–. Adelante, Dalton. Besa a la novia.

Por segunda vez aquella tarde, Blake le rodeó la cintura con un brazo, provocándole un escalofrío por la espalda.

En aquella ocasión se mostró delicado. Ella deseaba fundirse con él, pero el acuerdo al que habían llegado se lo impedía. Su matrimonio era, sobre todo, un acuerdo comercial, una sociedad legal centrada en torno a Molly.

Firmemente decidida, aceptó las felicitaciones del juez Honeywell, un segundo abrazo de Julie y un beso en la mejilla de su nuevo cuñado, quien sacó un sobre del bolsillo.

–Mi madre quería estar aquí, pero Molly estaba demasiado irritable para aguantar el vuelo. Te ha enviado esto.

Grace tomó el sobre con manos temblorosas. En el interior había una hoja doblada con la firma de Delilah. Antes de desdoblar la hoja, miró inquisitivamente a Blake que se encogió de hombros, señal de que estaba tan sorprendido como ella.

No puedo decir que me sienta feliz por el modo en que has decidido hacer esto. Ya lo discutiremos a tu regreso de Francia. El avión privado de Dalton International os llevará a Marsella. Ponte en contacto con madame LeBlanc. Blake tiene su número. Julie, Alex y yo cuidaremos de Molly.

Sin decir una palabra, le entregó la nota a Blake, quien miró a su gemelo.

–¿Estabas enterado de esto?

–Me imaginé que estaba tramando algo. ¿Adónde ha decidido enviaros?

–Al sur de Francia.

–Pues recibe todas mis condolencias –Alex sonrió–. A Julie y a mí nos envió a la Toscana para nuestra noche de bodas. Espero que tengas pasaporte, Grace.

–Sí, pero...

¿Pero qué? ¿Qué objeción podría tener a sellar un matrimonio falso con una falsa luna de miel?

—Pero Blake seguramente no trajo el suyo —concluyó con desesperación.

—Es verdad —asintió Julie mientras rebuscaba en el bolso—. Por suerte yo sí lo traje. Delilah me hizo ir a tu despacho —le explicó a su cuñado mientras le entregaba el pasaporte.

—Menos mal que hiciste el equipaje —observó Blake dirigiéndose a Grace—. Podré comprar lo que me falta en Francia.

Tras despedirse en el aeropuerto, Alex y Julie subieron a bordo del pequeño jet privado con el que Blake había volado a San Antonio, mientras los recién casados se dirigían al otro avión de la compañía, el más grande.

—Felicidades, señora Dalton —saludó el capitán al pie de la escalerilla.

—Esto… eh… gracias.

—Tengo entendido que acabas de regresar de la Toscana, Joe —intervino Blake—. Siento que tengas que hacer otro largo viaje tan pronto.

—No hay problema. Alex y Julie pilotaron la mayor parte del vuelo de regreso, de modo que la tripulación está descansada y dispuesta a despegar. Llenaremos los tanques en Nueva York, y en menos de siete horas estarán descansando al sol.

Blake hizo un rápido cálculo mental. Tres horas hasta Nueva York. Siete hasta cruzar el Atlántico.

Otra más para trasladarse hasta la villa que Dalton International poseía en la Provenza. Ocho horas.

Aunque estaba acostumbrado a los vuelos transoceánicos, sospechaba que Grace estaría muerta para cuando llegaran a su destino final. Tanto mejor. Necesitaría los próximos días para descansar y acostumbrarse a la idea de ser una mujer casada.

Y él también.

–Bienvenido a bordo, señor Blake –un auxiliar de vuelo filipino los recibió con una sonrisa–. Nunca pensé que volaría con usted y con el señor Alex, ambos de luna de miel, en el mismo mes.

–Yo tampoco, Edualdo. Te presento a mi esposa, Grace.

–Es un honor conocerla, señorita Grace –Edualdo hizo una reverencia.

–Gracias.

–Si me acompañan, les mostraré sus asientos.

El interior estaba equipado con cómodos asientos de respaldo alto y protector lumbar, una zona de trabajo, una cocina y varios dormitorios.

–¡Cielo santo! –exclamó ella.

Entraron en la zona de dormitorios. Las dos camas habían sido juntadas para formar una enorme cama de matrimonio con sábanas de seda y el logotipo de la empresa bordado con hilo de oro. A Blake no le cupo la menor duda de que Julie y Alex habían hecho buen uso de esa cama.

Pero ellos formaban una pareja diferente y las circunstancias también lo eran. Su esposa no estaría dispuesta a compartir la cama. La realidad de la situación no bloqueó las sensaciones y, murmurando un juramento, en su mente se formó la clarísima imagen de Grace tumbada con los pechos al descubierto y los pezones endurecidos.

–Tengo una botella de champán enfriándose, señor Blake.

La voz de Edualdo lo sacó de su ensimismamiento.

–¿Les sirvo una copa ahora o prefieren esperar hasta haber despegado?

Una rápida ojeada a su esposa le proporcionó la respuesta. En su rostro se dibujaba la expresión de alguien que se estaba preguntando en qué clase de arenas movedizas había quedado atrapada. Desde luego necesitaba una copa para relajarse. Y él también.

El vuelo resultó aún más largo de lo que Blake, o el capitán, habían anticipado. Tras aterrizar en un pequeño aeródromo de Nueva York para repostar, una espesa niebla surgió del Atlántico y retrasó el despegue dos horas. Y esa misma niebla les obligó a cambiar de ruta, lo que también alargó la duración del vuelo.

Para cuando Edualdo les sirvió la cena, Grace estaba agotada, aunque el pichón con miel sobre lecho de arroz salvaje, acompañado de un delicioso Riesling, le ayudó a recuperarse para el postre. Sin embargo, cuando la oscuridad se adueñó del cielo, cedió al sueño.

La primera vez que la barbilla tocó su pecho, alzó bruscamente la cabeza, fingiendo estar plenamente despierta. Pero la segunda vez ya no pudo fingir más.

–Lo siento –se disculpó–. No debería haber bebido vino después del champán.

Blake nunca había seducido a una mujer achispada, pero la idea le resultaba de lo más tentadora.

–Ha sido un día muy largo. ¿Por qué no te acuestas?

–¿Tú no estás cansado?

–Un poco.

Grace bajó la vista hasta las manos y jugueteó con el anillo de diamantes.

–Acuéstate, Grace.

Blake la observó atentamente mientras se soltaba el cinturón. Cuando desapareció por la zona de descanso, apuró la copa de Riesling y reclinó el respaldo del asiento.

Quince minutos después, mientras se metía en la cama, Grace se consoló pensando que habría noches de boda peores que aquella.

Volaba por encima del océano en un avión privado. Y en el espacioso cuarto de baño tenía a su disposición todo lo que pudiera necesitar. Las sábanas eran suaves y dos millones de estrellas brillaban en el exterior. Lo único que le hacía falta para que todo fuera perfecto era el novio.

Se dio media vuelta en la cama y golpeó la almohada. Sentía una terrible urgencia de regresar a la cabina y renegociar el contrato. Tal y como Blake había sugerido tan abiertamente, el sexo era algo muy factible. Más que factible. La mera idea de ese cuerpo musculoso tendido a su lado, de las fuertes manos acariciando sus pechos, de la ardiente boca sobre sus labios, hizo que se le tensaran los músculos más abajo del vientre.

Apretando los muslos con fuerza sintió un feroz y salvaje deseo mientras la respiración se hacía cada vez más acelerada.

De momento podría bastar con el sexo. No necesitaba compartir risas, sonrisas, ni los estúpidos chistes privados de los matrimonios.

Además, tomaba sus precauciones. Aunque no era amiga de las aventuras de una noche, y tampoco había mantenido una relación seria desde hacía más tiempo del que le gustaba recordar, siempre iba preparada. Por si acaso.

De modo que, ¿por qué no podía saltar de esa cama e ir en su busca? A fin de cuentas, Blake y ella estaban casados.

El problema era que sí necesitaba compartir sonrisas y chistes privados. Necesitaba algo más que sexo sin compromiso.

–¡Maldita sea!

Absolutamente frustrada, se dejó caer sobre la cama y volvió a golpear la almohada.

***

No recordó el momento en que se quedó dormida. Despertó al oír un golpe de nudillos en la puerta. El sol entraba a raudales por la ventanilla cuya persiana se había olvidado de bajar. Entornando los ojos, consultó la hora. El golpe de nudillos se repitió.

–Señorita Grace, soy Edualdo. Aterrizaremos en noventa minutos.

–De acuerdo, muchas gracias.

–Serviré el desayuno en la cabina principal cuando esté lista.

Grace salió del dormitorio pocos minutos después, duchada y vestida con unos pantalones blancos y un top estampado que dejaba un hombro al aire.

Blake se desabrochó el cinturón de su asiento al verla. Salvo por la corbata ausente y la camisa desabrochada, no parecía un hombre que hubiera pasado la noche despierto.

–Buenos días.

–Buenos días –contestó él con una sonrisa–. ¿Has podido dormir?

–Desde luego ¿Y tú?

–Solo necesitaré una ducha y un afeitado y estaré listo. Edualdo acaba de preparar café. Me reuniré contigo para desayunar en cuando me haya duchado.

Al pasar a su lado, camino del dormitorio, Blake se detuvo y le acarició una mejilla.

–Lo conseguiremos, Grace. Solo tenemos que darle tiempo al tiempo.

«Tiempo», repitió ella en silencio mientras sobrevolaban un mar azul turquesa y se preparaban para aterrizar. La sobrecogedora visión del Mediterráneo la hechizó.

Al igual que el balsámico clima tropical que les recibió. Grace había visto películas y reportajes sobre el sur de Francia. También había leído unos cuantos libros que se desarrollaban en esas tierras. Pero nada le había preparado para el cielo azul y el sol brillante de la Provenza. Haciendo visera con las manos mientras bajaba del avión, respiró hondo la brisa del mar que rodeaba el aeropuerto de Marsella.

Un chófer les esperaba en un deportivo descapotable rojo. Tras meter el equipaje en el maletero, hizo una pregunta en francés, a la que Blake respondió con una sonrisa.

—*Oui.*

—Solo por curiosidad —observó ella—. ¿Adónde vamos?

—A una pequeña ciudad a una hora de aquí —los labios de Blake se curvaron en una sonrisa—. Mi madre se quedó atrapada allí durante una huelga hará unos cinco años. Aprovechó el tiempo para comprar una destartalada villa y convertirla en un complejo vacacional para los mejores empleados de Dalton International y sus familias.

El corazón de Grace golpeó con fuerza contra el pecho. Ya había sido bastante difícil tener que luchar contra la explosiva mezcla de lujuria y deseo la noche anterior. ¿Cómo iba a soportarlo durante dos semanas?

Capítulo Seis

Poco más de una hora después, Blake salió de la autovía y se adentró por una carretera de dos carriles bordeada de enormes higueras cuyas ramas altas se juntaban en el centro para formar un verde túnel que se extendía durante kilómetros.

Si el paisaje le había parecido precioso a Grace, la ciudad de Saint-Rémy le encantó aún más. Mansiones del siglo XVIII, que Blake llamaba *hôtels*, se alineaban a lo largo de las concurridas calles del centro, peatonal, y en las que Grace divisó multitud de pequeñas tiendas y restaurantes al aire libre que invitaba a los viandantes a tomarse un café.

—Comeremos aquí —le prometió Blake.

—Me encantaría.

Grace contempló a su marido mientras serpenteaba por las calles de la ciudad. Encajaba perfectamente en el hermoso decorado. El alto ejecutivo llevaba ropa informal, pero no había perdido un ápice de su sofisticación.

—*Madame* LeBlanc nos recibirá en el Hôtel des Elmes —le explicó—. Antes se llamaba Hôtel Saint Jacques. Según la leyenda, su primer dueño inventó el plato que lleva su nombre.

—¡Ah, sí! —exclamó ella—. *Coquilles* Saint Jacques.

–Eso es –asintió él–. Y te encantará saber que el chef del *hôtel* sigue los pasos de sus predecesores y sus vieiras gratinadas te harán oír coros celestiales.

Al fin llegaron a una enorme verja de hierro abierta para recibirles. En cuanto cruzaron la entrada, Grace comprendió el nuevo nombre de la villa. El camino de piedra que llevaba a la casa estaba bordeado de unos centenarios olmos. El camino terminaba en una rotonda coronada por una enorme fuente formada por corceles de bronce.

Detrás de la fuente se erguía majestuosa la casa de piedra. El Hôtel des Elmes constaba de una edificación central de tres plantas y dos alas laterales de dos plantas. La fachada estaba cubierta de glicinias y Grace aspiró el aroma mientras Blake detenía el coche.

Antes de que hubiera apagado el motor, la puerta se abrió y de la casa surgió una mujer de innegable aspecto francés, delgada, encantadora y elegante.

–*Bienvenue à Saint-Rémy, Monsieur Blake.*

–Me alegra estar aquí de nuevo –contestó él.

Tras el obligatorio beso en las mejillas, le presentó a Grace, que empezaba a acostumbrarse a ser presentada como su esposa.

–Encantada de conocerla –la mujer sonrió con picardía–. Delilah lleva mucho tiempo desesperada por casar a sus guapísimos hijos. No puedo ni imaginarme lo feliz que debe sentirse al ver a ambos casados con un mes de diferencia. *Quelle romantique!*

–Sí, claro…

–*Très romantique* –Blake abrazó a su esposa por la cintura.

Madame LeBlanc suspiró con gesto de aprobación antes de entregarle las llaves.

–Siguiendo sus instrucciones, los empleados no vendrán hasta mañana, pero Auguste ha preparado varios platos. Solo hace falta calentarlos. Y la doncella ha dejado preparada la cama en la suite verde. Nadie les molestará.

–*Merci*.

Grace y Blake continuaron a la segunda planta. Su esposo le mostró varias suites, dos salones adicionales y una sala de lectura. Al final del pasillo abrió una puerta cerrada con un cerrojo bañado en oro.

–Esta es la suite principal –Blake hizo una mueca–. También conocida como la suite verde.

Grace enseguida comprendió el por qué. Maravillada, recorrió con la mirada los paneles de seda que tapizaban las paredes del suelo al techo, las elegantes cortinas y la gruesa colcha con docenas de almohadones apilados en la cama de cuatro postes. Todo estaba hecho de un brocado iridiscente que emitía destellos verdes que iban del verde musgo al verde jade según como incidiera la luz sobre ellos.

–¡Madre mía! –exclamó ella, impresionada–. Luis XV podría haber dormido aquí.

–No hay ninguna evidencia de que lo hiciera –sonrió Blake–. Pero una de sus concubinas al parecer entretuvo a uno de sus amantes aquí a escondidas.

Grace no supo decidir qué fue más fuerte, si la

sensual sonrisa o la erótica implicación del relato. Enseguida se imaginó a una dama con medias de seda y el corsé desabrochado retozando entre el montón de almohadones. Un bello cortesano con el pecho desnudo y los cabellos del mismo color que los de Blake Dalton, se inclinaba sobre ella. Los ojos azules le brillaban traviesos ante la promesa de lo que les aguardaba.

–… en la suite de al lado.

–Lo siento –ella pestañeó aturdida mientras regresaba al presente–. Estaba pensando en pelucas empolvadas y pantalones bombachos. ¿Qué decías?

–Te decía que yo me instalaré en la suite de al lado.

La última de las imágenes de época se esfumó mientras Grace observaba a su marido abrir una puerta que conectaba ambas suites. El dormitorio que había al otro lado no era tan grande ni tan recargado como el de la suite verde, pero la cama también era de cuatro postes y la chimenea de mármol era lo bastante grande como para asar un buey.

–Es casi mediodía –observó él tras consultar el reloj–. Si no sufres demasiado *jet lag*, podríamos reunirnos en media hora y dar un paseo hasta la ciudad para comer.

–Me parece estupendo.

–Recriminándose por el modo en que se había quedado mirando cómo se cerraba la puerta del dormitorio de Blake, Grace llevó sus cosas de aseo al cuarto de baño, digno de una reina. O al menos de una amante real.

***

Quizás fue el maravilloso sol lo que despejó su aturdimiento. O la relajada comida que disfrutó con Blake, sentados en una terraza junto a una fuente. O las dos copas de vino rosado helado.

Aunque quizás fueron los evidentes esfuerzos de su esposo por mantener una conversación ligera y superficial, sin hacer ninguna referencia a las circunstancias del matrimonio o a la firme negativa de Grace a traicionar la promesa hecha a su prima. En cualquier caso, por primera vez en muchísimo tiempo, se sintió relajada.

El dolor por la pérdida de su prima quedó relegado a un rincón de su mente. Jack Petrie, Oklahoma City, incluso Molly, salieron de escena. Las horas disfrutadas al sol supusieron un respiro de las preocupaciones que acarreaba con ella desde hacía meses. Era la única excusa posible para la tontería que hizo a continuación.

Blake no planeó lo que sucedió al regresar a la villa. De eso siempre estaría seguro. Al sugerir un baño en la piscina, solo pretendía aprovechar la camaradería que había empezado a establecerse entre ellos durante la comida.

Pero no había anticipado la impresión que le produciría la visión de las delicadas curvas de Grace al acercarse al borde de la piscina.

Al verla, todo el aire escapó de sus pulmones.

—¿Qué tal está el agua?

—Al principio un poco fresca —contestó él tras lograr soltar la lengua. La maldita cosa parecía estar envuelta en lana de algodón—. Pero una vez dentro está bien.

¡Por el amor de Dios! Esa mujer llevaba un traje de baño de una pieza color amapola, que cubría más de lo que revelaba. Aun así, no era capaz de apartar la mirada de la silueta de sus pechos. Y la impresión se acrecentó cuando hundió un pie en el agua y le permitió divisar la curva de su trasero.

—¡Ay! —gritó ella mientras retiraba bruscamente el pie—. ¿Para ti esto es fresca? ¿Y cuál sería tu definición de fría? ¿Cuarenta bajo cero?

Blake sonrió y le mojó la pierna cuando hizo un segundo intento de introducir el pie en el agua, bajó un poco y dio un paso más. El agua le llegaba a los muslos.

—Cobarde —bromeó él.

Grace dio otro paso y la sonrisa se borró del rostro de Blake. El bañador estaba empapado a la altura de las ingles, permitiendo una impresionante visión de lo que había debajo.

—¡Qué demonios!

Blake apenas oyó su exclamación, ni sintió el agua salpicar cuando Grace, al fin, se armó de valor y se zambulló entera. Segundos después emergió empapada y sonriente.

Algo se agitó en su interior. Ya no veía a la mujer que había mentido por omisión a toda su familia, ni a la conspiradora que retenía una información crucial sobre la madre de su hija. No había rastro de sombras en esos ojos que lo miraban. Ese debía ser el aspecto de Grace antes de asumir la carga de los secretos de su prima. Y quizás el de la mujer que regresaría si se desembarazara de esa carga.

Sin pensárselo dos veces, Blake reordenó sus prioridades. Ganarse la confianza de su esposa sería su meta principal. Meterla en su cama, la segunda. Pero hacer que esa sonrisa no se borrara de los ojos color miel, tendría prioridad absoluta.

–De acuerdo –exclamó ella casi sin aliento–. Ya estoy dentro. ¿Cuándo empezaré a sentir que el agua está bien?

–Haz un par de largos. Te calentarás enseguida.

Grace hizo una mueca, pero aceptó la sugerencia de Blake. Tenía una brazada elegante y limpia, y una buena patada. Los dos largos se convirtieron en tres y luego en cuatro.

O en lo que deberían haber sido cuatro…

En el último giro, chocó contra él y ambos se enredaron de brazos y piernas.

–¡Lo siento!

Grace se agarró a Blake pues el agua les llegaba al cuello.

Literalmente, pensó, él, aunque quizás también en sentido figurativo.

Nada de quizás. La deseaba salvajemente sin atreverse a analizar el sentimiento. Y ella debió haberlo visto en su mirada, debió haberlo sentido en los fuertes músculos que se habían tensado bajo sus delicadas manos. Y lo miró con expresión interrogante.

–Según nuestro contrato –objetó Blake con voz ronca–, todo contacto físico debe realizarse por mutuo consentimiento. Si no quieres que esto vaya más lejos, deberías decirlo ahora.

Tras una pausa que casi le arrancó las tripas, Blake la vio apretar los labios y mirarlo de frente. Y con un gruñido gutural, reclamó sus labios.

El beso fue breve y ardiente. Si hubiera malinterpretado el gesto de Grace, si ella hubiera intentado apartarlo, la habría soltado de inmediato. Estaba casi seguro de ello. Pero, gracias a Dios, no lo hizo, y así dejó escapar lo que quedaba de su control de abogado.

Con los labios y los cuerpos fundidos, se hundieron en el agua para emerger de nuevo. Sin soltarla, Blake dio un par de patadas en el agua y la empujó contra el borde de la piscina. Con una mano se sujetó al borde mientras con la otra atacaba el tirante del traje de baño. Grace tenía la piel de los hombros suave, fresca y resbaladiza. La mezcla de lavanda y cloro convirtió el deseo en necesidad.

Cambiando de mano, se concentró en el otro tirante. Ella parecía tan ansiosa por desembarazarse de la prenda como él. Un par de tirones y lo consiguió. El bañador de Blake siguió el mismo camino dos segundos después.

Los pechos de Grace parecían hechos a medida para sus manos. La piel era firme y suave y los pezones erectos por el frío del agua. Blake jugueteó con los pezones entre el pulgar y el índice y casi estuvo a punto de llegar cuando ella arqueó la espalda para ofrecerle el otro pecho. Después la levantó unos centímetros más y la devoró con la lengua y los dientes mientras deslizaba una mano por su vientre.

–¡Madre mía! –gimió Grace mientras echaba la cabeza hacia atrás.

Había accedido a aquello. Había pasado varias horas dándole vueltas a la idea de disfrutar del sexo por diversión, pero aquello... La boca de Blake le incendiaba el pecho, los hombros, la garganta. Y el corazón casi se le salió del pecho cuando introdujo la mano entre sus muslos y la abrió antes de hundirse dentro de ella.

El orgasmo la asaltó y ella se subió a lomos de la sensación, ciega, sin pensar, hasta que los espasmos cedieron y cayó como una muñeca rota contra su pecho.

Pero la tormenta que resonaba en sus oídos no cedió, si acaso se hizo más fuerte y, poco a poco, comprendió que era el corazón de Blake latiendo contra su oído. Recuperando todos los sentidos, alzó la cabeza y sonrió.

Los ojos de Blake empezaron a devolverle la sonrisa antes de abrazarla con fuerza y quedarse petrificado. Lenta y sensualmente, ella se colocó a horcajadas sobre él.

–Espera –gimió él–. Debemos continuar dentro de la casa.

–¿Por qué?

–Protección. Necesitas pro… –se interrumpió con un siseo cuando ella giró las caderas.

Grace sabía que pensaba en Molly. Ella desde luego lo hacía.

–No pasa nada –le tranquilizó con urgencia y sin aliento–. Estoy protegida.

La reacción de Blake ante la afirmación fue instantánea. Apoyando un pie contra la pared de la piscina, los impulsó a ambos hacia la parte menos profunda de la piscina, donde tomó el trasero de Grace con ambas manos.

Una nueva oleada de deseo se formó en el vientre de Grace, quien, ansiosa por devolverle una parte del placer que había recibido, le rodeó la cintura con las piernas. No quería que fuera lento ni delicado. Y cuando Blake se hundió en su interior, le agarró de las caderas y tensó todos los músculos de su cuerpo.

Blake aguantó más tiempo de lo que había hecho ella. Mucho más. Grace estaba a punto de volver a perder el control cuando sintió que hundía los dedos en su trasero, se ponía tenso y la penetraba en un ángulo que le produjo un exquisito y casi insoportable placer justo donde más lo necesitaba. Con un grito desgarrado, volvió a arquear la espalda. Pero en esa segunda ocasión, se llevó a Blake con ella.

El *jet lag*, la falta de sueño y el sexo más intenso que hubiera disfrutado jamás se unieron para fulminar a Blake. Recordó haber ayudado a Grace a salir del agua, disfrutando de la visión de su cuerpo desnudo antes de que se cubriera con una toalla. También recordó vagamente volver a zambullirse para recuperar los trajes de baño. No estaba muy seguro de si había propuesto tumbarse en las tumbonas de la pérgola, o si lo había propuesto ella. Pero cuando abrió los ojos, el sol ya había desaparecido.

Pestañeando con fuerza se sentó. El movimiento llamó la atención de Grace.

−¿Qué hora es? −preguntó aún somnoliento.

−No estoy segura −Grace miró hacia las estrellas−. Supongo que las nueve o nueve y media.

Blake hizo una mueca. ¡Genial! Nada mejor para reafirmar la virilidad de un hombre que dormirse durante cuatro o cinco horas después del más fabuloso sexo.

−Siento haberme quedado dormido.

−No te preocupes −ella sonrió ante su evidente azoramiento−. Yo también me dormí.

Aunque no mucho rato. Había aprovechado para vestirse y, al parecer, lavarse el pelo.

−¿Has comido?

−Te estaba esperando.

−Vamos a asaltar la cocina −Blake se levantó de la tumbona y le ofreció una mano a Grace.

El momento de duda antes de aceptar la mano fue tan breve que quizás se lo había imaginado. Sin embargo, lo que no podía negar era el silencio que la envolvió tras instalarse en los taburetes con respaldo frente a la enorme isla de color verde de la cocina. Tal y como había indicado *madame* LeBlanc, el chef había preparado el sueño de todo gourmet. Grace optó por un gazpacho y un trozo de pan. Blake sirvió un par de copas de Chardonnay y luego se llenó un plato con una ensalada Niçoise y una generosa porción de quiche de espárragos y queso de cabra que calentó en el microondas.

Probó la ensalada, saboreando los tomates maduros y las anchoas mientras miraba de reojo a Grace, que jugueteaba con el pan, esperando que fuera ella quien rompiera el hielo. Tenía bastante idea de a qué obedecía tan repentina contención.

–Sobre lo que pasó en la piscina… –las palabras de Grace confirmaron su sospecha.

–¿Qué sucede? –preguntó él.

–Ya sé que incluimos la posibilidad del sexo cuando negociamos nuestro… acuerdo.

–¿Pero?

–Pero las cosas parecen haberse desmadrado –Grace bajó la vista al suelo, mordisqueó el pan y, finalmente, lo miró a los ojos–. La culpa es tan mía como tuya –se apresuró a añadir–. Pero después de haber reflexionado sobre ello, pienso que me apresuré, Blake.

–La próxima vez nos lo tomaremos con más calma.

–Me refería a que era demasiado pronto –ella sonrió–. Aún estoy intentando ajustarme al tema del matrimonio.

–Lo sé –Blake dejó el tenedor a un lado con gesto serio–. Pero dejémoslo claro. Las cosas no se desmadraron sin más. Yo te deseaba, Grace.

—Moción aceptada, letrado —las mejillas de Grace se tiñeron de escarlata—. Y es más que evidente que yo te deseaba a ti también.

—Aunque, comprendo que se trata de un período de ajuste para ti. Para ambos. Aún tenemos mucho que aprender el uno del otro.

—Eso es —la referencia implícita a los secretos que ella poseía dibujó una expresión obstinada en el rostro de Grace—. Y por eso deberíamos evitar repetir lo sucedido esta tarde hasta que tú te sientas cómodo con quien soy, y yo con quien eres tú.

—¿De modo que volvemos a la modalidad fría y educada? —¿qué demonios necesitaba esa mujer para confiar en él?—. ¿Crees que así te resultará más sencillo?

—No —admitió Grace—, pero es necesario si queremos que nuestro acuerdo funcione.

—Muy bien —Blake se tragó la amarga decepción con gusto a anchoa—. El sexo salvaje queda eliminado de la agenda. Por ahora.

Grace pasó la segunda noche de su luna de miel igual que la primera: inquieta y sola.

Golpeó la almohada con rabia mientras repasaba la escena de la cocina. Había estado en lo cierto al echar el freno. En brazos de Blake había perdido totalmente el control.

En su vida había experimentado un deseo como ese. Nunca había ansiado tanto que un hombre la tocara.

Mientras Blake dormía la siesta, había tenido tiempo para pensar y le asustaba el hecho de haberse abandonado por completo. Ya había visto bastantes desgracias por culpa de una actitud semejante en su prima. Había tenido que ayudar a Anne a huir, a ocultarse, a luchar dolorosamente por recuperar su autoestima y confianza. No estaba dispuesta a arrojar por la ventana tanto trabajo. Ni tampoco podía hacer que todo recayera sobre los anchos y fuertes hombros de Blake, aunque le apeteciera hacerlo.

Había hecho bien en echarse atrás. En regresar a una relación fría y educada, tal y como la había definido él. Ambos necesitaban tiempo para ajustarse a ese extraño matrimonio antes de dar el paso siguiente. Fuera cual fuera ese paso.

Requirió un enorme ejercicio de voluntad, pero al fin logró borrar la imagen mental de Blake sujetándola contra el borde de la piscina.

Y se durmió.

A la mañana siguiente, camino del desayuno, seguía decidida a mantenerse firme.

Los empleados de la villa estaban todos en sus puestos y de la cocina surgía un delicioso aroma a pan recién hecho. Una doncella, vestida con un uniforme azul claro, limpiaba con un plumero al pie de las escaleras. Sus ojos se iluminaron de curiosidad y simpatía al ver bajar a Grace.

–*Bonjour, madame* Dalton.

–*Bonjour* –era lo más que era capaz de pronunciar en francés–. Lo siento, no hablo francés.

–Ah, *excusez-moi*. Soy Marie, la doncella de la planta baja. Encantada de conocerla.

–Gracias, lo mismo digo.

Dudó un instante, no exactamente avergonzada, pero tampoco demasiado ansiosa por admitir que no tenía ni idea de dónde estaba su marido. Por suerte, Blake había suministrado a los empleados la información suficiente.

–*Monsieur* Dalton la espera para desayunar en la terraza este –le informó sonriente Marie.

–Y la terraza este...

–Está ahí mismo, *madame* –la joven apuntó con el plumero–. Por el salón pequeño.

–Gracias.

Grace atravesó el salón pequeño y se paró ante una puerta de cristal. Sobre una mesa de hierro lacado en blanco había dispuesto un servicio de café de plata y un cesto lleno de bollería. Blake consultaba su Blackberry mientras bebía el café a sorbos.

Tuvo que respirar hondo varias veces. La visión de su esposo bajo el brillante sol de la Provenza era algo digno de ver. Parecía tranquilo y sereno, y demasiado guapo para poder expresarse con palabras.

–Buenos días –tras respirar hondo por última vez, salió a la terraza.

–Buenos días –Blake se levantó de la mesa y la saludó con una voz tan cortés e impersonal como su sonrisa–. ¿Has dormido bien?

–Muy bien –mintió ella–. ¿Y tú?

–Todo lo bien que podría esperarse después de lo de ayer por la tarde.

Grace le dedicó una mirada de advertencia y él frunció el ceño.

–Me dormí unas cuatro horas en esa tumbona –le recordó–. No tenía sueño por la noche.

Si se lo tragaba, pensó Blake, tenía unas cuantas más de ese estilo para venderle.

Sin embargo no hizo falta. Tenía que hacerle saber que ella era la causa de que hubiera pasado la noche prácticamente en blanco. Ella y su absurda insistencia en ignorar el fuego que habían encendido el día anterior.

En medio de la noche se había recriminado por acceder a esa farsa. Y a la luz del día le había parecido aún más absurdo. No podían guardar los sucesos del día anterior en una caja sin más, fingiendo que no había sucedido.

Y sin embargo era a eso a lo que había accedido y debía afrontar las consecuencias.

–Sírvete una taza de café, le diré a Auguste que… ah, ahí viene.

A primera vista, nadie pensaría que ese hombre de hombros encorvados, cabellos grises desaliñados y cara perruna estaba en posesión de varios premios de cocina. En los dos últimos años quizás había sonreído alguna vez, pero Blake se lo había perdido.

El gran Auguste llevaba una década retirado cuando Delilah lo había rescatado, según sus palabras, del ostracismo. Tras hacer sufrir al pobre diablo toda la potencia de su personalidad, lo había

convencido para hacerse cargo de la cocina del Hôtel des Elmes.

Blake le presentó a Grace. Auguste hizo una reverencia y la saludó con una tonelada de infinita
tristeza.

–Le doy la bienvenida a Saint-Rémy.

Grace tragó con dificultad y miró angustiada a
su esposo, sin saber qué hacer.

–Ya le he hablado a Grace de tus vieiras gratinadas. Quizás podrías prepararlas alguna noche –intervino Blake.

–Por supuesto –el cocinero emitió un suspiro
cargado de lamento y devolvió su mirada de fauno a
Grace–. Si lo desea, *madame*, podría ser esta noche.

–Sería maravilloso. Gracias.

–¿Desea que para desayunar les prepare unos
huevos Benedictine a usted y su esposo?

–Eh… sí, por favor.

Con una nueva reverencia, Auguste dejó caer los
hombros y se retiró.

–¿Acaba de perder a algún ser querido? –susurró
Grace al oído de Blake.

La pregunta sirvió para romper el hielo. Blake
soltó una sonora carcajada y se sentó.

–No que yo sepa. En realidad, hoy está muy alegre.

–Ya veo…

Grace también se sentó y se sirvió una taza de
café y un bollo que le ofreció Blake.

–Ya tenemos solucionada la cena –observó él–.
¿Qué te apetece hacer hasta entonces?

Ella lo miró con ciertas reservas y luego se relajó

al sentir que la pregunta no encerraba ninguna indirecta.

–Mencionaste un paseo guiado por los escenarios pintados por Van Gogh. Me encantaría, si a ti te parece bien.

Blake despejó su mente de los recuerdos del paseo al que les había arrastrado su madre a Alex y a él por la ruta que conmemoraba al artista más famoso de Saint-Rémy.

–Me apunto.

Capítulo Siete

Grace no podría haber imaginado un día más perfecto para dar un paseo. Agosto había dado paso a septiembre, la mejor época del año para disfrutar de la balsámica brisa marina y el deslumbrante sol de Provenza, le aseguró Blake mientras el descapotable rojo salía de la villa. Hacía calor y se alegró de haberse puesto unos pantalones finos y una camiseta de tirantes. Llevaba el pelo recogido con una gorra de visera.

Blake no se había molestado en cubrirse la cabeza, pero las gafas de aviador le protegían los ojos. Parecía relajado y cómodo, y demasiado sexy.

–No estaba seguro de cuánto sabías de Vincent van Gogh –comentó él mirándola de reojo–, y por eso he traído una breve biografía.

–Gracias –ella aceptó los folios que Blake le había impreso–. Fui a una exposición itinerante que se celebró en el museo de San Antonio. Sin embargo, no sé gran cosa de él, salvo que era holandés y lo bastante perturbado como para cortarse una oreja.

–Desde luego estaba perturbado, pero no está claro si se la cortó deliberadamente o si la perdió en una pelea cuando atacó a su colega, Gauguin, con una cuchilla.

Mientras Blake serpenteaba por las calles de Saint-Rémy, Grace se empapó de los detalles de la vida del brillante y atormentado artista que se suicidó a los treinta y siete años.

–Aquí pone que Van Gogh solo vendió nueve cuadros en vida y que murió creyéndose un fracasado. Qué triste.

–Muy triste –asintió Blake.

–Sobre todo dado que su autorretrato está considerada una de las diez obras más caras jamás vendidas –leyó Grace impresionada–. Más de 71 millones de dólares en 1998.

–Lo que equivaldría a unos 90 millones de hoy.

–¡Santo Cielo!

Grace no se imaginaba que se pudiera pagar una cifra semejante por un cuadro, hasta que recordó el cuadro de los lirios que había en la villa. Blake había comentado que Delilah había cedido el original al Smithsonian.

No era una sorpresa para ella que los Dalton vivieran a otro nivel. Había pasado varios meses en la mansión de Delilah y la había ayudado con algunos de sus proyectos de caridad. Pero la idea de pagar noventa millones por un cuadro hacía que todo pareciera surrealista.

La mirada se posó en el anillo de diamantes. Desde luego eran reales, mucho más que la unión que supuestamente simbolizaban. Aunque el día anterior en la piscina…

¡No! No debía caer. No conseguiría más que sentirse confusa. Lo mejor sería limitarse a disfrutar del sol y la compañía de ese hombre con el que se había casado.

Un destello blanco desvió su atención al margen derecho de la carretera. Con ojos desorbitados, contempló un enorme arco y una torre de mármol blanco.

—¿Qué es eso?

—Se llaman Les Antiques. Son los vestigios más antiguos de la ciudad romana de Glanum. El resto de las ruinas está un poco más adelante. Ya las visitaremos otro día.

Blake giró a la izquierda y continuó por un camino bordeado de campos a un lado y de enormes cipreses y olivos al otro.

—Ya estamos.

Se trataba del asilo Saint-Paul de Mausole, el lugar en el que Van Gogh había ingresado voluntariamente en mayo de 1889. Tras los muros de piedra gris cubiertos de hiedra se divisaba la torre de una iglesia y dos o tres edificios rectangulares.

—Saint-Paul fue originalmente un monasterio agustino —le explicó Blake mientras aparcaba junto a dos autocares—. Se construyó en el siglo XI o XII. Se convirtió en asilo en los años 1800 y sigue siendo un hospital psiquiátrico. El hospital no puede visitarse, pero la iglesia, el claustro y las habitaciones en las que vivió, y pintó Van Gogh están abiertas al público.

Un público que acababa de bajarse de dos autobuses y cuyos guías estaban haciendo pasar por los tornos de la entrada. Blake adquirió dos entradas y tomó dos folletos explicativos, pero detuvo a Grace, agarrándola del brazo.

–Vamos a dejar que se adelanten un poco. Supongo que te gustaría experimentar algo de la tranquilidad que vivió Van Gogh cuando le permitían salir fuera para pintar.

A Grace no le importó tomarse su tiempo. El camino que llevaba a la iglesia y demás edificios era largo y sombreado, bordeado a ambos lados por rododendros y otras flores. Para mayor deleite, a lo largo del paseo había placas que destacaban una vista concreta y la comparaban con la interpretación por parte de Van Gogh de la misma escena.

Un retrato de uno de los famosos girasoles estaba colocado frente a una hilera plantada de las casi idénticas flores amarillas. Un hueco en el muro permitía ver a lo lejos un paisaje de olivos con las montañas al fondo y, al lado, la versión de Van Gogh, de colores intensos y brochazos cortos. Fascinada, Grace se quedó un buen rato frente a la placa.

–Es increíble –susurró–. Es como entrar dentro del cuadro y verlo con otros ojos.

Blake la seguía de placa en placa, mucho más interesado en la reacción de su esposa ante las obras maestras que en su propia impresión.

A sus ojos, ella era como una de esas obras. Había llegado a su vida poco después que Molly, pero había estado tan absorto en la niña que había tardado semanas en verla como algo más que una eficiente niñera. La atracción había llegado, lenta, pero firme. Pero la impresión al saberse traicionado, al saber que había traicionado a toda la familia, había alterado considerablemente la escena, al igual que el irritante descubrimiento de que la echaba de menos tanto como Molly, cuando se marchó de Oklahoma City.

La feroz lealtad hacia su prima y la negativa a traicionar la confianza de Anne lo irritaban profundamente, aunque la respetaba por ello.

¡Y el día anterior! El desgarrador deseo. Sabía bien de dónde había surgido. Llevaba creciendo en su interior desde… ya no se acordaba. Pero sí sabía que el sexo había avivado el deseo en lugar de aplacarlo.

—¡Oh! —exclamó Grace admirando los pilares labrados—. Casi puedo ver a los monjes caminando de dos en dos, meditando o rezando el rosario. Y a Van Gogh sufriendo por capturar la yuxtaposición de sol y sombra.

Ese artista seguro que no había sufrido ni la mitad de lo que sufría Blake en esos momentos. La misma yuxtaposición de sol y sombra jugueteaba con el expresivo rostro de Grace. Y la cálida sonrisa que le dedicó no ayudó lo más mínimo.

—Supongo que habrás venido aquí varias veces. Gracias por hacerlo una vez más por mí.

—No hay de qué —Blake ocultó sus pensamientos bajo la calma—, pero apenas hemos empezado la visita. Aún te queda mucho por descubrir.

***

Pasaron media hora más en Saint-Paul. Las ventanas de las dos austeras habitaciones en las que había vivido y pintado Van Gogh durante más de un año, proporcionaban sendas vistas del jardín y de la parte trasera del asilo y los campos que se extendían más allá, todo ello capturado por el artista en numerosos cuadros.

A la salida, Grace se detuvo unos buenos cinco minutos en el lugar en el que se suponía había pintado el artista uno de sus más famosos cuadros, *La noche estrellada*. Las luces doradas que salpicaban un cielo color cobalto la fascinaron, lo que animó a Blake a adquirir una copia en la tienda de regalos. Intentó protestar por el precio, pero se contuvo, sabiendo que eso no iba a detener a su esposo.

Pararon en la villa para dejar la copia del cuadro antes de dedicar un par de horas a pasear por los caminos que cruzaban campos y calles estrechas que Van Gogh gustaba de pintar cuando le permitían salir del asilo. El camino acababa en el centro de la ciudad y el elegante hotel del siglo XVIII convertido en museo y centro de estudios dedicado a la vida y estilo único del artista.

Tras pasar otra hora más en el museo, Blake sugirió comer algo en un restaurante popular con mesas en la calle. A Grace le pareció un lugar ideal para observar a los viandantes. Y eso fue lo que hizo mientras Blake estudiaba la lista de vinos antes de elegir un blanco afrutado de la zona, junto con un sándwich a la plancha de jamón y queso, seguido de un postre a base de crepés cubiertos de salsa de caramelo y azúcar glas. Grace optó por una bullabesa de zanahoria, pimiento, tomate y apio, además de cinco tipos de pescado fresco, ostras, gambas y langosta.

Alargaron la sobremesa, disfrutando del vino y la sombra. Cuando al fin se marcharon, sentada en el asiento de cuero del descapotable, a Grace se le cerraban los ojos.

Fue el crujido de los neumáticos sobre la grava lo que la despertó.

–Lo siento –rio, pestañeando aturdida–, no pretendía quedarme dormida.

–No pasa nada –Blake paró el coche junto a la fuente de los caballos–. Al menos no te has quedado totalmente inconsciente, como yo ayer.

A Grace se le tiñeron las mejillas de rojo y Blake deseó que el motivo fuera que estuviera recordando la actividad que había precedido a la siesta. El rubor se hizo más intenso cuando le propuso, sin ánimo de provocar, un baño en la piscina.

–Creo que prefiero echar una ojeada a los libros de la biblioteca. Ve tú si quieres.

–Yo también voy a pasar del baño. Tengo que atender algunos correos electrónicos.

–De acuerdo. Entonces, te veo luego –le dio la espalda para marcharse, pero se detuvo dándose la vuelta–. Gracias por compartir a Van Gogh conmigo. Me ha encantado.

–A mí también.

***

Aquello era lo que quería.

Se quitó la gorra y se dejó sueltos los cabellos mientras se dirigía a la suite verde. Abrió la puerta, dio dos pasos en el interior y se paró en seco.

—¡Dios mío!

La noche estrellada ocupaba un lugar de honor sobre la chimenea de mármol. Los colores fríos y oscuros del lienzo parecían añadirle profundidad a las paredes de seda.

Caminó frente al cuadro, maravillándose por cómo las estrellas parecían seguir su movimiento. Se quedó un buen rato absorbiendo los vibrantes colores y pensando en el hombre que, obviamente, había dado instrucciones para que lo colgaran allí.

No tenía ningún sentido negar lo evidente. Blake Dalton era casi todo lo que había soñado en un marido. Inteligente, considerado, divertido, enormemente atractivo. Y muy experto con las manos y la boca, y ese musculoso cuerpo suyo.

No le resultaría nada difícil enamorarse de él. Ya lo estaba, un poco. Bueno, más que un poco. Sin embargo, no iba a caer de nuevo. No con el recuerdo de su prima suspendido entre ellos como una cortina, pero que hacía las veces de barrera impenetrable. No podía contarle la verdad a Blake, y él jamás confiaría en ella hasta que lo hiciera.

Soltando un suspiro, le dio la espalda al cuadro y se dirigió a la ducha.

Tal y como había prometido, Auguste había preparado su versión de las vieiras Saint-Jacques que serían servidas, según les informaron, en el pequeño comedor. Pequeño, era un eufemismo, por supuesto. A diferencia del comedor grande, que podía albergar hasta treinta y seis comensales, en el pequeño, reservado para cenas íntimas, cabían unos doce. La mesa de madera estaba decorada en los extremos con sendos candelabros de plata y en medio un enorme cuenco de plata lleno de lirios blancos y rosas.

Blake se había arreglado para la ocasión.

Su marido contempló complacido el vestido color zafiro que ella había elegido para la cena. Los pendientes y el collar de grandes cuentas capturaban el color del vestido y añadían destellos de morado y verde.

—Bonito vestido —observó Blake—. Te sienta bien ese tono de azul.

Cualquier vestido en cualquier tono le sentaba bien. Incluso mejor sin vestido. Se negó a considerar cómo un pequeño tirón podría hacer desaparecer la prenda.

—¿Te apetece beber algo antes de la cena? —propuso—. Hay champán enfriándose.

—¿Quién podría negarse a una copa de champán?

El champán había sido embotellado exclusivamente para la villa y procedía de unos viñedos en Epernay con los que Delilah había tropezado años atrás.

Blake llenó dos copas y le ofreció una a Grace.

–¿Por qué brindamos?

–¿Qué te parece por las noches estrelladas, como la que se ve en el hermoso cuadro que has hecho colgar en mi dormitorio? Gracias.

–No hay de qué –ambos chocaron las copas–. Por muchas noches estrelladas.

Blake saboreó el champán, limpio y seco.

Durante la cena, Blake dio buena cuenta del champán ultra seco, pero Grace se limitó a una copa del semiseco, aunque no dudó en aceptar una segunda ración del plato estrella de Auguste. El propio chef le sirvió tres ejemplares. Blake se deleitó a la par con los pequeños gruñidos de placer que escapaban de labios de su esposa, como con los suculentos bocados que él mismo degustaba junto a la pecaminosamente deliciosa salsa.

El momento incómodo de la velada se produjo tras el postre y el café. A Blake se le ocurrían numerosas maneras de llenar el resto de la velada. Desgraciadamente, había accedido a borrar el sexo salvaje de la agenda. Aunque no había especificado nada del dulce y delicado, pero optó por apretar los dientes y guardarse ese as en la manga.

–Creo que hay un juego de naipes en la biblioteca. ¿Te apetece jugar a algo?

–Estaría bien. O… –ella lo miró con expresión desafiante–. Podríamos ir a la sala de video. He visto una consola Wii. Si me permites decirlo, se me da bastante bien el ubongo.

–¿Qué es el ubongo?

–Ven *avec moi, monsieur* –ella pestañeó coqueta y fingió un acento francés–. Yo te lo enseñaré, ¿sí?

Un mes antes, incluso una semana antes, Blake jamás se habría imaginado pasar la tercera velada de su luna de miel apretando frenéticamente unos botoncitos rojos con los pulgares mientras unas criaturas salidas de la jungla se escondían en la pantalla plana del televisor y su esposa se mofaba inmisericorde de cada uno de sus fallos.

Se durmió pasada la medianoche, aún intentando decidir cómo perder al Ubongo le había atrapado ferozmente el corazón. Pero no fue hasta la mañana siguiente cuando comprobó lo ferozmente que había sido.

Capítulo Ocho

Grace bajó del dormitorio y se encontró a Blake paseando en el soleado comedor de desayunos con el teléfono pegado a la oreja. Al ver la falda que llevaba su esposa combinada con una camisola blanca, enarcó las cejas y levantó el pulgar.

Ella se pavoneó un poco y devolvió el cumplido. Su marido llevaba un polo de manga corta y unos pantalones color café. Grace disfrutaba de la vista cuando Blake colgó el teléfono y se disculpó brevemente antes de contestar la siguiente llamada.

–Lo siento. Hay convocada una huelga de transporte que podría afectar a nuestra planta en Francia. Tengo al director de la oficina al teléfono.

–Adelante –asintió Grace.

La segunda llamada dio paso a una tercera, una conferencia con Alex y con el vicepresidente de producción de Dalton International.

–Hoy voy a tener que quedarme cerca de la villa mientras definimos el plan de contingencia –se disculpó de nuevo Blake al concluir la conferencia–. Alex me ha pedido que te transmita sus disculpas por interferir en tu luna de miel.

Había dicho tu luna de miel, no nuestra.

–No pasa nada –contestó ella fingiendo que no

le importaba el detalle anterior–. Me gustaría ir de compras. Iré a la ciudad dando un paseo.

Una hora más tarde abandonaba la villa. En el camino le sorprendió que todos los huecos de aparcamiento estuvieran ocupados. Y al poco rato supo por qué.

Encantada, Grace descubrió que había mercado. Los puestos ofrecían desde libros y antigüedades hasta verduras frescas, salchichas o enormes quesos. Una buena parte de los puestos ofrecían los productos en los bonitos colores de la Provenza: amarillo, rosa y lavanda para los jabones, rojos y dorados para la alfarería y ropa de cama.

Paseó por las abarrotadas calles aspirando los olores y probando encantada las muestras que le ofrecían. Compró jabones para sus amigas, un vestido y un sombrero estampado con girasoles para Molly y un broche pequeño para Delilah.

A punto de marcharse, un estuche de madera llamó su atención. Contenía lo que parecían artículos masculinos de época: unas hebillas de plata para zapatos, un alfiler de corbata, un monóculo con bordes dorados…

Y un anillo.

Comparado con el resto de los objetos en el estuche, el anillo era muy sencillo. El único diseño en la banda de oro amarillo era una flor de lis en ónix, o al menos eso pensó ella. Cuando el vendedor se lo mostró más de cerca, supo que se había equivocado.

–*Madame* tiene buen ojo –observó el hombre–.

Es una pieza antigua y muy rara. Data del siglo XVII. Lo del centro son zafiros negros.

–No sabía que existieran los zafiros negros.

–¡Claro que sí! Sujete el anillo a la luz. Podrá ver la finura del corte.

Grace obedeció. No tenía ni idea de cortes de piedras, pero el destello de fuego que emitió la impresionó. Olfateando una venta, el hombre añadió algunos detalles sobre el anillo.

–Se rumorea que perteneció al conde de Provenza. Pero el último de los descendientes del conde perdió la cabeza durante la revolución y la muchedumbre saqueó y quemó su *hôtel*, de modo que no hay ningún registro escrito. No hay ningún certificado de autenticidad.

A Grace no podía importarle menos. Había salido del despacho del juez Honeywell llevando un anillo de diamantes, pero el dedo de Blake seguía desnudo. Los destellos negros le bastaban como certificado de autenticidad.

–¿Cuánto cuesta?

El vendedor pronunció una cifra que casi le hizo atragantarse, hasta que comprendió que era el punto de partida para futuras negociaciones. Así pues contraatacó con otra cifra a la que él negó con la cabeza y propuso una tercera. Grace suspiró y devolvió el anillo.

–Pero mire estas piedras, *madame* –insistió el hombre–. Esta mano de obra.

–No sé si le valdrá a mi esposo –protestó ella.

–Siempre puede reajustarse el tamaño.

El vendedor se fijó en el anillo que lucía ella. Por su expresión era evidente que estaba convencido de que Grace podía permitírselo, pero, aun así, rebajó otros cincuenta euros el precio. Grace convirtió mentalmente esa cantidad en dólares, volvió a tragar saliva e intentó recordar el saldo de su paupérrima cuenta bancaria.

–¿Acepta Visa?

La bolsita de terciopelo que contenía el anillo permanecía a buen recaudo en el bolso cuando regresó a la villa. Blake tenía la intención de enseñarle a su esposa las antiguas ruinas romanas de Saint-Rémy aquella misma tarde, pues el lugar se vería afectado en caso de que la huelga siguiera adelante.

Grace no comprendía la conexión entre un lugar arqueológico y una huelga de transportes, pero no discutió cuando su marido anunció haber concluido el trabajo y estar dispuesto a hacer la excursión aquella misma tarde.

Vistas de cerca, las edificaciones resultaron aún más espectaculares que la muestra que había podido adivinar entre los árboles el día anterior. Blake aparcó en un polvoriento descampado sin pavimentar y atestado de coches y autobuses escolares.

–Una vez llevé a mi clase a una excursión como esta –le comentó a Blake.

Les Antiques resplandecían blancos bajo el sol de la tarde. Blake no recordaba qué conmemoraba el enorme arco, la conquista de Marsella, creía, pero sí sabía que la torre de mármol, perfectamente conservada, era el mausoleo de una prominente familia romana. Por suerte, las placas explicativas junto a cada monumento proporcionaban los detalles.

A Blake no le sorprendió que la profesora que Grace llevaba dentro le obligara a leer cada palabra, tal y como había hecho en el recorrido de las obras de Van Gogh.

–Qué interesante. Las flores y los viñedos representan la fertilidad de la provincia romana, provenza, en latín. No sabía que el nombre de la región tuviera ese origen.

Dos de los adolescentes creyeron que el comentario había ido dirigido a ellos. Uno se volvió y se quitó los cascos de las orejas. El otro guardó lo que parecía un cuaderno de dibujo bajo el brazo y preguntó amablemente:

–*Pardon, madame?*

–El nombre, Provenza, proviene del latín –Grace señaló la placa.

–Ah, *oui.*

Blake disimuló una sonrisa. Era evidente que a los chicos les gustaba lo que veían. ¿A quién no? Sus cabellos parecían de seda y la piel que dejaba al descubierto la camisola blanca se había dorado bajo el sol provenzal. Y no le sorprendió que se quedaran atrás mientras el resto del grupo se hacía fotos bajo la atenta mirada de sus profesores.

–¿Es usted de los Estados Unidos? –preguntó el más alto de los dos.

–Lo soy –asintió ella–. De Texas.

–Ah, Texas. Vaqueros, ¿sí? Y vacas con enormes cuernos.

–¿Y tú, de dónde eres?

–De Lyon, *madame.*

–El chico de menor estatura estaba tan ansioso como su compañero por presumir de inglés.

–Estudiamos los romanos –le informó a Grace–. Vivieron en Lyon, y en otras partes de la Provenza. ¿Ha visitado el coliseo en Arles y el Pont du Gard?

–Aún no.

–¡Pues debe hacerlo! –el chico más alto rebuscó entre las páginas de su cuaderno de dibujo–. Este es el Pont du Gard.

Blake se mostró impresionado. Había visitado el famoso acueducto en numerosas ocasiones y el dibujo de ese crío había plasmado tanto la increíble obra de ingeniería como la belleza de sus arcos.

Uno de los profesores se acercó para ver qué estaban haciendo sus alumnos. Al saber que Grace era profesora, le suministró más datos sobre los lugares que no debía perderse. También le proporcionó una lista de los elementos arquitectónicos e históricos de interés en Les Antiques y la ciudad cercana de Glanum.

–Qué buena idea –exclamó Grace–. Es como la caza del tesoro.

–La clase lleva a cabo la búsqueda por equipos –explicó el profesor–. Únase a nosotros.

–Me encantaría, pero… –le dirigió una mirada inquisitiva a Blake–. ¿Tenemos tiempo?

–Claro.

–Podíamos formar equipo.

–Tú y los chicos podéis buscar el tesoro –intervino Blake–. Yo os seguiré.

Con la lista en la mano, Grace se unió a la búsqueda. Su sincero interés y amplia sonrisa convirtió a sus dos compañeros de equipo en fieles esclavos. Presumiendo como pavos reales, tradujeron la pista del primer elemento de la lista y cacarearon encantados al encontrar a los cautivos encadenados a la base del arco, representando el poder de Roma.

Blake encontró un lugar a la sombra y apoyó las caderas contra un bloque de mármol mientras Grace y su equipo buscaban más elementos. Se preguntó si los chicos se estarían dando cuenta de que ella les estaba dejando descubrir los objetos, o que sus, aparentemente, inocentes preguntas sobre la traducción les obligaba a concentrarse más. Al menos esos dos regresarían a sus casas hechos unos expertos en Les Antiques.

La caza les llevó hasta la entrada de Glanum. A diferencia del arco y el mausoleo, el acceso a la ciudad estaba controlado y en ella había varias excavaciones en marcha. A pesar de las zonas acotadas, seguía habiendo mucho que explorar. Los alumnos echaron un vistazo a los hornos de las termas que calentaban los baños, treparon por las piedras de un templo helenístico y siguieron por un estrecho y serpenteante camino que atravesaba el desfiladero en un extremo de la ciudad hasta un manantial.

Grace siguió junto a su equipo hasta el estanque

surtido por el sagrado manantial. El hecho de que fuera capaz de traducir la inscripción latina en la que se dedicaba el estanque a Valetudo, diosa romana de la salud, le valió unos cuantos puntos entre los chicos.

Blake se imaginó perfectamente la clase de sueños que tendrían esos chicos aquella noche. Los mismos sueños que él había soñado a su edad. Los que seguía soñando, admitió amargamente sin apartar la vista de su esposa.

Finalizada la caza, Grace intercambió direcciones de correo electrónico con sus compañeros y el profesor antes de regresar al coche con Blake.

Sus pisadas levantaban polvo a su paso. El aire seguía cargado de los aromas del verano y Blake agarró a Grace por el codo antes de deslizar la mano por su brazo y tomar la suya.

Grace bajó la vista a los dedos entrelazados y una pequeña arruga le surcó la frente, aunque no se soltó hasta llegar al descapotable. Blake abrió la puerta del copiloto.

—Te he comprado una cosa en el mercado esta mañana —Grace le detuvo y se apoyó contra el coche mientras rebuscaba en el bolso—. No es gran cosa, pero al verlo, pensé en ti y... bueno, me apetecía que lo tuvieras.

Blake abrió la bolsita y un pesado anillo de oro cayó en la palma de su mano.

—El vendedor me dijo que era una antigüedad.

Cree que perteneció al conde de Provenza, pero no hay ningún documento que lo certifique –ella miró a Blake inquieta–. ¿Te gusta?

–Mucho. Gracias.

El sincero agradecimiento de Blake le disolvió a Grace la incertidumbre y la timidez.

Por las investigaciones que había encargado Blake de las finanzas de su esposa, supuso que el anillo debía haberle vaciado las cuentas, pero no quiso arruinar el momento preguntándole si necesitaba dinero. Sujetó el anillo contra la luz para admirarlo mejor.

–Las piedras están muy bien cortadas.

–Eso dijo el hombre.

–Es muy raro encontrar zafiros con tantas facetas.

–¿Cómo sabías que eran zafiros?

–Mi madre me obliga a ocuparme de los seguros y certificados de autenticidad de todas sus joyas –él sonrió–. Tiene una enorme colección de piezas raras.

–No me cabe duda –contestó ella mientras Blake se probaba el anillo–. Déjame a mí –deslizó el anillo por el dedo antes de detenerse a la altura del nudillo–. Con este anillo…

Las palabras golpearon a Blake con fuerza en el pecho.

–… yo te desposo –susurró Grace mientras cubría la mano de su esposo con la suya.

Blake no respondió. No podía. Un enorme nudo le bloqueaba la garganta.

–Recuerdo cada instante del oficio del juez Honeywell –rio ella nerviosa–. Oigo sus palabras, revivo la escena, pero... es la primera vez que tengo la sensación de que es real.

–Es que es real. Más de lo que podía imaginarme en el despacho del juez.

Blake apretó la mano de Grace y ella le devolvió una mirada de alerta.

–Déjame que te lleve a casa y te demostraré lo real que es para mí.

Blake no tenía ninguna duda. Recorrió el trayecto de regreso a la villa espoleado por la adrenalina y un deseo tan fuerte que tenía las manos agarrotadas sobre el volante.

No sintió la menor incertidumbre hasta que siguió a Grace escaleras arriba a la suite verde. Cuando ella se volvió a mirarlo, casi temió que fuera a echarse atrás.

Jamás había deseado a una mujer como la deseaba a ella. Jamás había amado a nadie del modo en que amaba a su esposa. La seguridad de sus sentimientos lo sacudieron casi más que el deseo que lo devoraba por dentro.

–Echa el cerrojo.

Al cerebro de Blake le llevó un par de segundos procesar la orden y otros dos cumplirla. Al volverse hacia Grace, ella empezaba a desabrocharse los botones de la camisola.

Soltando un gruñido, le apartó las manos.

–Llevo todo el día fantaseando con desabrocharte esos botones.

No obstante, se obligó a proceder lentamente. No quería privarse del placer de ver surgir esos deliciosos pechos poco a poco, pero sus ansias empezaron a ser dolorosas cuando vio que bajo la camisola llevaba un sujetador. Haciendo acopio de una concentración que le hizo sudar, deslizó la camisola por los hombros de Grace.

Se sentía tan excitado e impaciente como los adolescentes que habían conocido aquella tarde. Grace era la que parecía conservar la calma, sin mostrar vergüenza o timidez.

Facilitándole la tarea, ella misma se desabrochó el sujetador con un movimiento, esencialmente femenino, erótico y excitante. Blake se moría por sentir la suave piel contra su cuerpo, pero cuando empezó a desabrocharse la camisa, ella le apartó las manos.

–Me toca.

Ella deslizó las manos hacia arriba, hasta soltarle la camisa, y luego hacia abajo, hasta encontrar el cinturón del pantalón.

–Llevo fantaseando con esto desde que he bajado a desayunar esta mañana.

–¡Pues ya está! –en un segundo, Blake la tomó en sus brazos y la llevó a la cama.

Capítulo Nueve

La piscina había desatado la bestia que Blake llevaba dentro. Pero en esa ocasión estaba dispuesto a no perder el control mientras tumbaba a Grace sobre las sábanas de seda.

Se tomó su tiempo para desnudarla por completo. Se tumbó junto a ella y se deleitó en las bonitas curvas.

—Es una pena que Van Gogh no esté vivo para poder pintarte —observó mientras acariciaba la sedosa piel—. Habrías sido una verdadera inspiración para él. A mí me inspiras. Por ejemplo, aquí… —susurró mientras le besaba los labios—. Y aquí… —continuó por las mejillas y los párpados—. Y aquí…

Tomó un pezón con la boca y lo lamió y mordisqueó hasta que estuvo rígido. Después le ofreció lo mismo al otro pecho y se imaginó lo que debía haber sido el sufrimiento de Van Gogh. Explorando el paisaje del cuerpo de su esposa, se sentía más que atormentado.

Grace no permaneció pasiva. Deslizó una mano por la espalda de Blake hasta llegar al trasero, donde hundió los dedos repetidamente.

Él sintió el tirón en los músculos de la parte baja del estómago, pero se negó a acelerar el ritmo. Su mano se deslizó a su vez hasta el estómago de Grace, que dobló una rodilla cuando esa mano entró en contacto con el vello de la zona más íntima. Deslizando un dedo en el interior de la ardiente cueva, presionó el sensible botón con el pulgar.

La respiración de Grace era agitada, casi tanto como la de él. Pero cuando ella rodó hasta tumbarlo de espaldas, casi se quedó sin aire en los pulmones.

Grace inició su propia exploración. Lenta y concienzudamente, cubriendo su barbilla y garganta de dulces besos. Después deslizó una mano por el torso hasta el espeso vello que apuntaba hacia la ingle.

–Y aquí –murmuró con una traviesa sonrisa mientras rodeaba el miembro con los dedos–, tenemos una verdadera obra de arte.

–No seré yo quien lo discuta –contestó él con una sonrisa.

Grace rio y empezó a acariciarlo, suavemente al principio, pero con más intensidad después. La fricción casi lo enloqueció, aunque estuvo seguro de poder aguantar un poco más. Pero eso fue hasta que ella se inclinó y lo tomó con la boca, haciendo que su confianza y control estuviera a punto de estallar en mil pedazos.

–Grace…

La advertencia pronunciada en un susurro hizo que ella levantara la cabeza. Tenía los labios húmedos y brillantes, y los ojos turbios de deseo. Cuando él intentó revertir las posiciones, lo clavó en el sitio apoyando una pierna en su cadera y empujándole el torso con las manos. Tenía las mejillas encendidas y los cabellos revueltos. Y Blake no había visto nada más hermoso o seductor en su vida.

–Olvida a Van Gogh –gruñó él–. Ni siquiera él podría hacerte justicia.

Grace despertó con un respingo. Algo le raspaba la sien. Al rato comprobó que se trataba de la barbilla de Blake. Decidida a ignorar el movimiento, hundió el rostro entre el cuello y el hombro de su esposo.

–¿Grace?

–Mmm.

–¿Estás despierta?

–Ah, ah.

Grace soltó otro gruñido e intentó dejarse caer sobre la almohada, pero Blake se movió obligándola a quedar tumbada de lado para mirarlo con la cabeza apoyada en una mano y la mente repleta de preocupaciones sobre su mal aliento. Deslizó la lengua sobre los dientes. No parecían estar muy mal. Y, gracias a Dios, no había babas alrededor de la boca. Sin embargo, no quiso pensar en los cabellos revueltos o la cara sin lavar. Ni en lo mucho que necesitaba ir al baño.

Blake, por supuesto, estaba absolutamente espectacular. Una lánguida sonrisa iluminaba los ojos azules y estaba tumbado, desnudo, sobre las sábanas. Incluso olía bien.

Terminada la inspección, volvió a mirarlo a la cara. La sonrisa ya no era tan lánguida.

–He estado pensando un poco mientras esperaba a que regresaras al mundo de los vivos.

–¿Sobre qué? –preguntó ella, aunque ya se lo imaginaba.

–Sobre nosotros.

Grace sintió un temblor. ¿Quería renegociar el contrato? Después de lo de la noche anterior, ella, desde luego, estaba abierta a diferentes términos y condiciones.

–¿Y a qué conclusión ha llegado, letrado? –preguntó esforzándose por conservar la calma.

–Quiero que esto funcione, Grace. Tú y yo, nuestro matrimonio.

–Pensaba que ya estábamos haciéndolo funcionar.

–Me he expresado mal. Quería decir que quiero que sea real.

Blake alargó una mano para apartar un mechón de rubios cabellos del rostro de su esposa, que contenía la respiración.

–Quiero pasar el resto de mi vida contigo. Contigo, con Molly y con los hijos que vengan.

¿De verdad estaba manteniendo esa conversación con los dientes sin cepillar y el rostro surcado por las marcas del sueño? En esas condiciones, Grace no podía inclinarse sobre él, cubrir su boca con los labios y demostrarle lo mucho que deseaba eso mismo.

–Espera.

La expresión de Blake fue de sorpresa ante la brusca orden, pero cuando la vio saltar de la cama, la sorpresa fue sustituida por un ceño fruncido.

–Enseguida vuelvo.

No estuvo más de tres minutos en el cuarto de baño. Cuando regresó, encontró a su esposo sentado en la cama con la espalda apoyada en el cabecero. El ceño seguía fruncido, pero el hecho de verla desnuda pareció aliviarlo. Eso y la alegría incontenible que reflejaba el rostro de Grace cuando se metió en la cama y se arrodilló frente a él.

–De acuerdo. Ahora ya puedo contestar. Repite lo que me dijiste. Palabra por palabra.

–Quiero pasar el resto de mi vida contigo –repitió él obedientemente.

–Conmigo y… –lo apremió ella.

–Contigo, con Molly y con los hijos que vengan.

–¿Y podrás soportar el hecho de que no pueda contarte el secreto de Anne?

–Admito que no me gusta, pero podré soportarlo.

–Entonces te digo que sí.

Blake rio con tal ternura que ella sintió una opresión en el pecho.

–¡Menos mal! Durante un rato me habías preocupado.

–Sí, bueno, para futuras ocasiones, deberías saber que antes de soltarme algo así debes esperar a que me cepille los dientes.

–Lo añadiré a la lista –asintió él mientras le tomaba el rostro en ambas manos.

Grace se deleitó con el roce de las ásperas mejillas, maravillada ante la perspectiva de compartir el futuro con ese hombre tan inteligente, atractivo, increíble. Su corazón rebosaba esperanza por el futuro mientras se agachaba para sellar el nuevo contrato.

A tenor del comienzo de su matrimonio, Grace jamás habría imaginado que la luna de miel se convertiría en el material del que estaban hechos los sueños.

Las negociaciones de última hora habían evitado la huelga, de modo que Grace pudo disponer de la atención en exclusiva de su esposo. Como ya había descubierto, solía levantarse muy temprano y pletórico de energía. Ella no era ninguna holgazana, pero prefería abrir los ojos a la luz del sol. Habían adquirido la costumbre de hacer el amor por la noche, muy tarde, todas las noches, y por la mañana cuando ella se despertaba del todo.

Durante el día dedicaban muchas horas a conocerse. Pasaron la mayor parte de los días al sol en la piscina, en la ciudad o explorando la Provenza.

El punto álgido fue la obra maestra del picnic que Auguste les preparó para la excursión al acueducto de Pont du Gard. Sentados en la pedregosa orilla del río degustaron pechuga de capón trufada con juliana de zanahorias y cebollitas enanas.

Después dieron un salto cualitativo de más de doce siglos y visitaron el palacio papal de Avignon.

Cada día incluía una experiencia nueva. Y cada

día Grace se sentía un poco más enamorada de su esposo. La incorregible romántica que llevaba dentro deseaba poder detener el tiempo y disfrutar de Blake para ella sola. Pero su lado más práctico no cesaba de interrumpir el idilio con molestas preguntas. ¿Dónde iban a vivir? ¿Le valdría su título de profesora de Texas en Oklahoma? ¿Cómo reaccionaría Delilah al cambio en la relación entre su hijo y ella?

El conflicto entre ambos lados de su persona estalló una soleada mañana mientras se dirigían al mercado de un pueblo cercano.

Tomaron un desayuno tardío a base de café y un cucurucho de galleta relleno de fresas con nata. Continuaron degustando quesos, salchichas y bollería recién hecha. Cuando Blake sugirió sentarse a comer en algún pequeño bistró de la calle principal, Grace mostró la bolsa de tartaletas de puerro y queso de cabra que acababan de comprar.

–Con una de estas tengo de sobra. Solo necesitaré algo de beber.

Blake señaló hacia unos bancos bajo la sombra de los sauces llorones a la orilla del río.

–Siéntate aquí –le ordenó–. Acabamos de pasar un puesto de zumos naturales. Preparan unos batidos increíbles. ¿Algún sabor preferido?

–Me gusta todo menos el kiwi. No soporto esas cositas peludas.

–Entonces el tuyo sin kiwi. Una cosa más a añadir a mi lista.

La lista era cada vez más larga, pensó Grace

mientras, sonriente, se sentaba en la hierba y estiraba las piernas. Había más personas junto a la orilla del río. Los adultos descansaban mientras vigilaban a los más pequeños, que se acercaban peligrosamente al agua.

La escena le despertó en Grace emociones que creía enterradas desde hacía tiempo. Durante el turbulento matrimonio de Anne había rezado para que su prima no se quedara embarazada, atándose así aún más a Jack Petrie. ¿Y qué fue lo primero que había hecho tras escapar de la pesadilla de ese matrimonio? Enamorarse de un importante abogado, quedarse embarazada y volver a huir.

Al tomar por primera vez en brazos a la hija de Anne, se le había ocurrido un plan. Ocultaría a Molly mientras anunciaba a sus amistades que estaba embarazada. En cuanto estuviera segura de que la noticia hubiera llegado a oídos del sádico esposo de Anne, pediría una excedencia en el trabajo y fingiría un falso embarazo en algún lugar donde nadie la conociera. Después criaría a Molly como su hija.

Pero su moribunda prima le había suplicado que entregara al bebé a su padre y Grace había accedido. Comprendía que la niña debía estar con su padre y las semanas que había pasado en la mansión de Delilah le habían reafirmado en esa idea. Sin embargo, el lazo entre ella y Molly se había convertido en una cadena alrededor del corazón.

Dobló las piernas y apoyó la barbilla en las rodillas. Aún necesitaba poner en marcha un plan de contingencia. No podía arriesgarse a que el marido de Anne descubriera que se había casado con el padre soltero de un bebé. Petrie investigaría a Blake, descubriría que no era viudo y se preguntaría de dónde había surgido esa niña.

Iba a tener que llamar a algunas amigas de San Antonio, decidió. Contarles que había conocido a alguien a finales del año anterior, durante las vacaciones navideñas, y que había pasado el semestre de primavera y las vacaciones de verano acomodándose a la inesperada consecuencia de 'esa relación. Después Blake Dalton le había convencido para que se casara con él.

Las semillas así esparcidas, germinarían y se extenderían entre los compañeros de trabajo. Al final alguna versión de lo sucedido llegaría a oídos de Jack Petrie, y debería bastar para alejarlo del rastro de Molly. ¡Tenía que funcionar!

Perdida en sus pensamientos, no oyó regresar a Blake hasta que se detuvo a su lado.

Capítulo Diez

Llegaba el momento de marcharse y las ganas de volver a ver a Molly parecieron llevar a Grace en volandas a través del Atlántico. Tener a Blake a su lado la liberó del cansancio durante el vuelo. La voz, suave y profunda, y los ácidos comentarios sobre la película que vieron le hicieron reír durante casi todo el trayecto.

Pero tras el cambio de avión en Dallas, sintió caer sobre ella toda la fatiga y los nervios ante la perspectiva de volver a ver a la madre de Blake. Delilah se había despachado a gusto con ella la última vez que se habían visto. Y la nota entregada por Alex en San Antonio había seguido más o menos la misma línea. No le había gustado la apresurada boda y le había advertido de que tenía algunas cosas que decir al respecto.

Grace no se imaginaba siquiera cómo iba a reaccionar la matriarca del clan Dalton.

Para cuando enfilaron el camino de entrada de la mansión de Delilah, el terror le agarrotaba el estómago a Grace. La puerta principal se abrió de golpe y de inmediato comprendió que había subestimado a su suegra. Al verlos, la mujer soltó un grito de júbilo.

–¡Lo sabía! –anunció alegremente–. Nadie puede resistirse a la mezcla de la Provenza y Auguste. Sobre todo dos personas que se deseaban tanto.

–¿Nunca te cansas de tener siempre razón? –gruñó Blake mientras le besaba la mejilla.

–Nunca –la anciana miró atentamente a Grace–. Y harás bien en no olvidarlo, señorita. Y ahora ven aquí para que pueda darle un abrazo a mi nueva nuera.

Aprisionada entre el abrazo y una nube de carísimo perfume, Grace pasó de ser una empleada a un miembro de pleno derecho de la familia. Tan agradecida se sentía ante esa mujer de fuerte, y en ocasiones insufrible, carácter que tuvo que contener las lágrimas.

–Gracias por confiarme a Molly y por… y por todo.

–Somos nosotros quienes deberíamos darte las gracias a ti –el abrazo se hizo un poco más fuerte–. Fuiste tú quien trajo a Molly a nuestras vidas.

Ambas se separaron moqueando. Avergonzada por el signo de debilidad, Delilah se volvió hacia la casa.

–Supongo que querréis ver al bebé. Está arriba. Se acaba de despertar de la siesta.

La última vez que Grace había subido las magníficas escaleras había sido como empleada de Delilah. La emoción que sintió al subirlas de nuevo, acompañada de Blake, fue indescriptible. Estaba ansiosa por abrazar al bebé, que emitía impacientes ruidos para llamar la atención.

Al entrar en la habitación de Molly, la niña los recibió de pie en la cuna. Sus sedosos cabellos rubios formaba un halo alrededor de su carita, y los ojos azules siguieron impacientes sus movimientos, como si les preguntara por qué habían tardado tanto.

El corazón de Grace se derritió al verla. Y un poco más aún cuando Molly gorjeó encantada y alzó los bracitos.

—¡Gace!

Medio riendo, medio llorando, Grace tomó al bebé en brazos.

Septiembre llegó a su fin y octubre llegó con sus noches frías. Un detestable rinconcito de la mente de Grace seguía insistiendo en que aquello no podía durar. En algún momento, de algún modo, iba a tener que pagar por la felicidad a la que despertaba cada mañana. Pero sus días, siempre ocupados, y noches, siempre en brazos de Blake, arrinconaron ese molesto pensamiento, sepultado bajo muchos otros.

La primera tarea que se encomendaron fue encontrar una casa. En lugar de mudarse al piso de soltero de Blake, aceptaron la invitación de Delilah y ocuparon el ala de invitados de la mansión. Cuando Blake estaba demasiado ocupado, Molly y su abuela acompañaban a Grace a visitar casas. Y en ocasiones, Julie también se unía a ellas.

Al principio, a Grace le preocupaba que Delilah fuera a empujarla a elegir algo ostentoso y enorme, pero su suegra solo tenía una meta en mente: quería que su nieta viviera lo bastante cerca de ella para poder malcriarla a su antojo. De manera que se mostró encantada cuando su nuera se decidió por una casa, parcialmente de madera, recién reformada y que estaba situada a menos de dos kilómetros de la mansión Dalton.

En cuanto la casa fue suya, empezó la agotadora perspectiva de amueblarla. Había pensado ir poco a poco, pero Delilah le ofreció los servicios de su interiorista.

–Acepta su ofrecimiento –le aconsejó Julie un fin de semana en la mansión.

Ambas descansaban en la soleada terraza mientras vigilaban a Molly y sus maridos veían un partido de rugby. Delilah se había llevado al otro invitado a la biblioteca para mostrarle algunas fotos de sus años jóvenes, cuando trabajaba en los campos petrolíferos con su marido. A Grace le pareció muy interesante que el irascible compañero de trabajo de Julie, Dusty Jones, se hubiera convertido en un visitante regular de la mansión.

–Ese decorador es bueno –le aseguró su cuñada–. Muy bueno. Confía en mí –insistió Julie–. Victor te ayudará a encontrar lo que buscas. Enseguida comprendió lo que yo quería. He estado de acuerdo con casi todo lo que ha sugerido.

–Sorprendiendo a todos los implicados –observó Grace–. Incluyéndote a ti misma.

–Cierto –asintió la pelirroja con una carcajada–. Suelo tener las ideas muy claras.

El matrimonio le sentaba bien, pensó Grace. Parecía feliz y relajada jugueteando con el colgante que su marido le había comprado como regalo de pedida. La figura grabada era la diosa Inca que había salido del lago Titicaca en la era de la oscuridad para crear el Sol, la Luna y las estrellas. Julie, que había pasado varios años volando a Sudamérica, le había repetido numerosas veces a Grace el nombre de la diosa, pero no lograba recordarlo.

–De acuerdo, lo llamaré.

Las dos mujeres quedaron en silencio. Se conocían desde hacía pocos meses, pero se habían convertido en buenas amigas. Casarse con gemelos había consolidado el lazo.

A Grace le había preocupado que el hecho de haber aportado la prueba irrefutable de que Blake era el padre de Molly abriera una brecha entre los hermanos. O entre ella y Alex. Hasta recibir las pruebas finales de ADN, las evidencias habían señalado más hacia Alex, quien había organizado su vida en torno al bebé. Incluso la casa a la que Julie y él acababan de mudarse, había sido comprada pensando en Molly.

Pero Alex parecía haberse tomado bien lo de convertirse en tío, en lugar de padre, de Molly y seguía igual de atento y adorable con ella.

–Dime la verdad –le pidió a Julie–. ¿Alex está resentido conmigo por guardar el secreto de mi prima?

–Quizás lo estuvo durante un día o dos después de ver las pruebas de ADN que le mostró Blake –los ojos de Julie brillaron traviesos–. Puede que yo contribuyera a solucionarlo al redirigir sus pensamientos hacia donde yo pensaba que deberían estar.

–Sí, supongo… es el móvil de Blake. Dijo algo de que esperaba una llamada de Singapur. Grace tomó el teléfono de la mesa y consultó la pantalla. La llamada era local.

–Pues no parece de Singapur.

Grace acababa de dejar el teléfono sobre la mesa cuando empezó a sonar de nuevo, con un tono distinto, indicativo de que había recibido un mensaje de texto.

–Será mejor que se lo lleve. Échale un vistazo a Molly.

–Lo haré.

Grace siguió el sonido del partido mientras se cambiaba el móvil de mano.

No había sido su intención leer el mensaje, pero un vistazo a la pantalla le hizo pararse en seco. «Nuevos datos sobre Petrie. Llámeme».

A Grace se le heló la sangre en las venas. Los sonidos del partido desaparecieron. Las paredes del pasillo parecieron cerrarse sobre ella. Era incapaz de moverse y apenas podía respirar. La imagen de Jack Petrie le ocupaba la mente. Dulce y atractivo al principio, y luego dulce y cínico, como la última vez que lo había visto al visitar su casa. Su casa, no la de su prima. La casa, el coche, cada maldito dólar en el banco le pertenecía.

El hielo se quebró, atravesado por una casi olvidada ira. Un salvaje grito escapó de su garganta mientras estrellaba el teléfono contra la pared.

–¿Qué demonios…?

–¡Grace! –Blake apartó a su hermano de un empujón–. ¿Estás bien?

Ella no podía contestar. La ira seguía agarrotándole la garganta.

–¿Le ha pasado algo a Molly? –Blake la sujetó por los hombros–. ¡Alex, echa un vistazo!

Podría habérselo ahorrado, pues su hermano ya corría camino de la terraza.

–Háblame, Grace –los dedos de Blake se clavaban en sus brazos–. ¿Qué ha pasado?

–Has recibido una llamada. Eso ha pasado.

–¿Qué? –Blake fruncía el ceño, evidentemente confundido

Grace se soltó y dirigió una cáustica mirada al teléfono destrozado.

–Era un mensaje de texto –ella se esforzó por pronunciar las palabras–. Sin querer le di a la tecla. No tenía intención de leerlo. Era evidente que no debía leerlo.

–¿De qué me estás hablando? ¿Qué mensaje? ¿De quién era?

–Supongo que de tu amigo, el investigador privado. ¿Cómo se llama? ¿Jerrold? ¿James?

–Jamison –contestó él con la mandíbula encajada.

–Eso es –asintió ella–. Jamison. Quiere darte las últimas novedades sobre Petrie.

–¡Mierda!

Aturdida, Grace se fue tambaleando por el pasillo y casi tropezó con las dos personas que salían de la biblioteca. En cualquier otro momento no se le habría escapado el detalle de que parte del carmín de Delilah estaba esparcido por la boca de Dusty Jones.

–Pregúntale a tu hijo –contestó bruscamente cuando Delilah quiso saber qué sucedía.

Deseando haber guardado en el bolsillo las llaves del nuevo Jaguar que Blake había insistido en comprarle, siguió corriendo. Tenía que salir de allí. Reflexionar. Pero las llaves estaban en el vestidor de la planta de arriba. En la suite de invitados. Grace subió las escaleras con los dientes apretados, sintiéndose furiosa y frustrada a la vez.

Para cuando entró en la suite, a los sentimientos anteriores había añadido el de la traición.

–¿Vas a alguna parte?

–Lo estaba pensando –Grace levantó la cabeza y fulminó a su marido con la mirada.

–¿Te importa que te pregunte adónde? –continuó él con calma.

Con demasiada calma.

¡Maldito fuera!

Ella siempre había admirado su compostura y cómo conservaba la cabeza fría. Pero en esos momentos, la herida dolía demasiado.

–Yo te creí –le espetó con rabia–. Cuando dijiste

que vivirías con mi negativa a traicionar la promesa hecha a Anne, yo te crei.

—Y estoy viviendo con ello.

—¡Y una mierda!

Blake entornó los ojos, pero mantuvo la calma mientras cerraba la puerta de la suite.

—Al ver que te negabas a confiarme los secretos de Anne…

—¡No podía hacerlo! Algunos —añadió— mantenemos nuestras promesas.

—Al ver que no «podías» confiarme los secretos de Anne —se corrigió él—, pedí a Jamison que hiciera algunas averiguaciones. Sé que su nombre verdadero era Hope Templeton.

Era evidente que a Blake le costaba cada vez más conservar la calma.

—Solo tenía una prima. Su nacimiento está en los registros y me sorprende que a tu investigador privado le llevara tanto tiempo descubrir su verdadero nombre.

—También sé que se casó a los diecisiete años.

—¿Cómo lo supiste? Quiero decir que…

—¿Alterasteis los registros? No me molestaré en explicarte que se trata de un delito.

En esos momentos hablaba el abogado. Presentaba sus evidencias y Grace comprendió que ambos tendrían que desvelar, por fin, todo lo que sabían.

—Sigue —le ordenó ella.

—Lo que mi investigador privado no pudo encontrar fue algún registro del divorcio. Por tanto, debo asumir que Anne seguía casada cuando nos conocimos. También debo asumir que el matrimonio no fue feliz.

–¿Y cómo llegaste a esa brillante conclusión?

–Por el hecho evidente de que Anne lo abandonó –Blake ignoró el sarcasmo–. Y porque utilizaba un nombre falso, seguramente para evitar que la encontrara.

Grace podría haber añadido muchas más cosas a la lista, como la aversión de Anne hacia los lugares públicos por miedo a que Petrie, o algún amigo, la viera. La enorme desconfianza hacia los hombres, o la repentina desaparición de la vida de Blake.

–Hice que Jamison investigara al marido –continuó él–. Según el registro de la policía de Texas, Jack Petrie es un oficial altamente condecorado con dos menciones por haber arriesgado su vida en acto de servicio.

–No te pusiste en contacto con él, ¿verdad? –preguntó Grace, evidentemente angustiada.

–No. Ni Jamison tampoco. Pero sí hizo discretamente algunas indagaciones.

–¿Y? –ella suspiró aliviada.

–Jamison sacó la impresión de que Petrie era un marido devoto al que le gustaba mostrar a su bonita esposa. Según los rumores, quedó destrozado cuando ella lo abandonó.

Blake esperó a que ella contradijera el rumor, pero al no obtener respuesta, continuó.

–Y eso nos lleva a Molly.

–¡Es hija tuya, Blake! –exclamó Grace–. ¡No es de Petrie!

–Eso ya lo sé. Incluso sin el ADN. Jamison averiguó que Anne había abandonado a su esposo casi un año antes de que nos conociéramos. Aun así, al dar a luz a Molly, ellos seguían casados, y según la ley…

–¡Al infierno con la ley! Te has hecho las pruebas. De llegar a juicio, tienes evidencias más que de sobra para apoyar tu paternidad –ella continuó en tono suplicante–. Anne está muerta. Petrie no tiene ni idea de que tuvo un bebé. Dejémoslo así.

–¿De qué tienes tanto miedo, Grace? ¿De qué tenía miedo Anne? ¿Le hizo Petrie daño?

–Yo…

–Cuéntamelo. ¡Por el amor de Dios!

Grace estaba a punto de desmoronarse. Habría dado su vida por poder compartir toda la terrible verdad, pero su promesa pesaba sobre ella como una losa.

–No la maltrataba físicamente. Pero el maltrato psicológico puede ser igual de dañino.

–Razón de más para proteger a Molly de ese imbécil.

Blake tenía la formación y los recursos necesarios para actuar ante cualquier sanción legal. Grace era consciente de ello, igual que sabía que el conocimiento de la aventura con Anne pondría furioso a Petrie. Ese hombre era un sádico. Había ahogado a su mujer con un amor enfermizo que los demás tomaron por devoción. Anne ya estaba fuera de su alcance, pero la niña no… ni el amante.

–Acabas de darme la razón –respondió ella con

desesperación–. ¿Acaso crees que el marido de Anne no intentará vengarse? Intentará sacarte millones. Te llevará a los tribunales con una demanda de paternidad. ¿No se te había ocurrido?

–Por supuesto –espetó él–. Pero no tengo miedo a un enfrentamiento.

–Deja a un lado tus sentimientos por un momento, Blake. Piensa en cómo le afectaría a Molly. Cuando sea mayor, querrá saber cosas de su madre y no tendrá más que navegar por Internet para encontrar en la prensa artículos que hablen de la niña de multimillonario convertida en el centro de una amarga disputa. Del oficial condecorado que describe a su mujer como a una fulana. De la conserje que sedujo a su jefe a través del sexo y…

–Está bien, me hago una idea.

Blake se hacía una idea, y no le gustaba nada. A ella tampoco, pero no lo podían ignorar.

–No sigas escarbando, Blake. Dentro de un par de años todos los ajenos a nuestro círculo íntimo asumirán que Molly es nuestra. Petrie no tendrá motivo alguno para cuestionárselo.

Blake la miró como si acabara de sacudirle un puñetazo en el estómago. Su mirada se enfrió y habló con una dureza desprovista de emoción.

–De modo que lo que propones es vivir una mentira. Como hizo tu prima.

Y por el bien de Molly, Grace le ofreció la única respuesta que podía darle.

–Sí.

Capítulo Once

—Sencillamente no es capaz de confiar en mí.

Blake sujetaba la botella de cerveza en una mano. Su hermano y él habían celebrado una horrible reunión con unos altos ejecutivos japoneses y habían llevado a sus invitados a uno de los mejores restaurantes de Oklahoma. Los japoneses habían regresado a su hotel en limusina y los gemelos se habían quedado lamiéndose las heridas con una buena cerveza y un montón de cacahuetes. A pesar de las duras negociaciones, la mente de Blake había estado ocupada por su esposa casi todo el tiempo.

—Admito que Grace mantenga la promesa hecha a su prima —continuó mientras estiraba las piernas bajo la mesa—. Pero, ¡por el amor de Dios!, llevamos casados casi un mes y sigue sin creerme capaz de manejar a ese Petrie.

—Grace conoce a Petrie, nosotros no —Alex se encogió de hombros.

—Conocemos lo bastante para saber que ese bastardo aterrorizó a su esposa. Y ahora está haciendo lo mismo con la mía.

Frustrado, Blake tironeó del nudo de la corbata y se bebió la cerveza de un trago.

—Madre dice que Grace se mantiene en un segundo plano en los actos de beneficencia en los que participa, y se esconde cada vez que aparece un fotógrafo. Y lo mismo cuando asistimos a algún concierto o fiesta de gala.

–¿Y? Tú tampoco es que persigas a los flashes, precisamente.

–No me estás ayudando gran cosa, hermano.

–Querías a alguien que te escuchara. Estoy haciéndolo lo mejor posible –Alex apoyó los codos sobre la mesa, aplastando varias cáscaras de cacahuete–. Te he dicho lo que pienso.

–Sí, lo sé. Crees que debería hacer un viaje a San Antonio y enfrentarme a ese tipo.

–No, lo que creo es que deberíamos hacer un viaje a San Antonio. Los dos.

–El problema es mío. Yo me ocuparé.

–Pues hasta ahora lo has hecho de pena.

Blake hizo una mueca y su gemelo comprendió que estaba dispuesto a iniciar una pelea.

–Bueno, al menos Jamison sigue vigilando a Petrie –intentó suavizarlo Alex.

–Recibo noticias regularmente.

–¿Lo sabe Grace?

–Lo sabe.

Había sido motivo de otra desagradable escena. Grace argumentaba que Petrie era policía y que, tarde o temprano, descubriría al investigador, iniciaría una vigilancia y llegaría hasta el origen. Blake había contestado que Jamison y su socio de San Antonio eran los mejores.

Aun así, el hecho de que la sombra de Petrie planeara sobre ellos hacía que Blake se sintiera tenso cada vez que pensaba en ello. Le había prometido a Grace que no se enfrentaría a ese tipo sin hablarlo antes con ella y esa conversación se acercaba a pasos agigantados. Mientras tanto, ambos fingían comprender y aceptar la postura del otro.

–Supongo que Grace conocía de primera mano el infierno sufrido por su prima –observó Alex, abordando el tema desde otro ángulo–. Lo que no entiendo es por qué no quiere ir a por él. Apenas conocí a Anne, pero sí conozco a Grace y es más fuerte que su prima.

–Más fuerte y mucho más cabezota –asintió Blake.

–También nos ha puesto a todos a trabajar. Madre y Julie quieren participar, y Dusty.

–Sí –Blake enarcó una ceja–. ¿Qué está pasando ahí? Últimamente, ese tipo está siempre en casa de mamá.

–Están trabajando –contestó Alex con expresión neutra–. Como socio de Julie y dueño de una de las sucursales de Dalton International, prefiere discutir asuntos de negocios con alguien que trabajó en los mismos yacimientos petrolíferos que él.

–¡Cielo santo! No quieras saber la imagen que acaba de formarse en mi mente –Blake levantó la botella de cerveza–. Por ellos.

Sonrientes, los hermanos brindaron y Alex le pidió dos botellas más a la camarera.

–Volviendo a Grace. Ella tiene que saber que puede contar contigo, con todos nosotros, para protegerla de ese imbécil de Petrie.

–Lo sabe –contestó Blake con amargura–. El problema es que ella cree estar protegiéndonos. Al menos a Molly y a mí.

–Eso debe resultarte irritante –observó su hermano.

–No te imaginas cuánto –contestó Blake sin entrar en más detalles.

–¿Y cuánto tiempo vas a seguir jugando según sus reglas? –preguntó Alex.

–Las reglas cambiarán en cuanto perciba el menor peligro.

Grace estaba sentada en uno de los taburetes de la cocina cuando oyó abrirse la puerta del garaje. Había acostado a Molly a las siete y media y se había concedido el lujo de un aromático baño con aceites que le recordó la luna de miel. Descalza y muy cómoda con la enorme sudadera que casi le llegaba a las rodillas, se había sentado a leer una biografía de Van Gogh antes de ir a la cocina en busca de un cuenco de helado de chocolate. Tras años acostumbrada a pasarse las noches corrigiendo los ejercicios de sus alumnos, le encantaba poder elegir libremente sus lecturas.

En conjunto, sus días eran perfectos, y las noches prácticamente también.

Ya se le había pasado el enfado por el asunto de Blake y el investigador privado. Comprendía el razonamiento de su esposo. No estaba de acuerdo, pero lo comprendía.

Por desgracia, una diferencia de opinión sobre algo tan crucial tenía que afectar a su relación. La tensión que provocaba era como un pequeño sarpullido que ambos intentaban ignorar.

A pesar de todo, seguían disfrutando descubriendo nuevas facetas el uno del otro. Gestos inconscientes, hábitos consolidados. Y, sobre todo, compartían la felicidad de tener a Molly. Y el pulso de Grace aún se aceleraba cada vez que veía a su marido.

Como en esos momentos. Grace giró el taburete con el cuenco de helado en la mano y sintió un cosquilleo en el estómago al ver entrar a Blake en la cocina. Se movía con ese porte atlético que tanto le gustaba y estaba muy elegante, aunque el cuello desabrochado de la camisa, y la corbata que colgaba del bolsillo de la chaqueta, añadía un toque definitivamente sensual al conjunto.

Aún no habían alcanzado la fase de un beso casual a modo de saludo, y Grace no creía que fueran a alcanzarla jamás, aunque tampoco sabía si iba a poder aguantar indefinidamente el ritmo de la luna de miel. Separó las piernas para que él pudiera acomodarse y abrazarla.

–¿Os llevasteis Alex y tú a los ejecutivos japoneses de cena?

–Sí.

La palma de la mano de Blake desprendía calor contra la piel de Grace, y sus ojos azules se enturbiaron mientras se agachaba para besarla. Ella aceptó el beso, que la dejó sin aliento, mientras su marido ya le estaba pidiendo otro. Accedió encantada, y tan ansiosa como él, pero dio un respingo cuando parte del helado le cayó en el regazo.

–Eso tiene buen aspecto –observó Blake.

–Siéntate, te serviré uno.

–Compartiré el tuyo.

–De eso nada –ella frunció el ceño–. Yo nunca comparto el helado ni las patatas fritas.

–Tomo nota de ello. Pero por esta vez harás una excepción, ¿no?

Dado que Blake seguía acomodado entre sus muslos y no parecía tener previsto moverse en un futuro inmediato, Grace consideró la situación.

–De acuerdo. Toma.

Blake se trago de golpe una enorme cucharada de helado.

–¡Eh! Se te va a congelar hasta el cerebro si te lo comes así.

–No hay una sola parte de mi cuerpo que vaya a congelarse ahora mismo.

Blake sonrió traviesamente y se acercó un poco más a ella mientras le subía la sudadera. Grace lo sentía endurecerse contra su cuerpo.

–Ya entiendo lo que quieres decir –ella se quedó sin respiración al sentir la exquisita presión–. Ahí abajo no hay riesgo de heladas.

¡Ni en ninguna otra parte!

La presión aumentó mientras Blake deslizaba las manos por las caderas de su mujer y empezaba a moverse rítmicamente contra ella.

–¡Blake! –Grace intentó escabullirse, pero la encimera se le clavaba en la espalda–. Será mejor ir despacio. No puedo… Me tienes demasiado…

–Espera.

¡Como si fuera tan fácil! Sobre todo cuando él la tomó por la cintura y la sentó sobre la encimera. La sudadera desapareció junto con las braguitas. Las bocas de ambos habían quedado a la misma altura y las caderas de ella estaban en línea con la cintura de Blake.

–La chaqueta. La camisa… –Grace solo pensaba en el deseo de verlo desnudo también.

Blake se desnudó de cintura para arriba a velocidad de vértigo. Hundió las manos en los rubios cabellos y tomó de nuevo su boca.

Había algo distinto en ese beso, en la presión que ejercía contra ella. Blake se mostraba un poco brusco, un poco duro, como si pretendiera demostrar cierto dominio sobre ella. Grace no hizo más que registrar someramente esa impresión antes de verlo desnudarse del todo. Y entonces cualquier cosa parecida a un pensamiento racional abandonó su cerebro.

Llegó instantes después en medio de una explosión de colores y sensaciones.

El explosivo clímax le arqueó la espalda y echó la cabeza hacia atrás. Tuvo que apoyar las manos en la encimera para sujetar el tembloroso cuerpo, pero los brazos se le doblaban.

Blake la tomó en brazos antes de que se cayera y la llevó hasta el dormitorio. Después se unió a ella sobre la cama para la gran final. Pero en esa ocasión se mostró tan tierno y dulce que ella olvidó por completo el extraño momento vivido en la cocina.

Todo regresó como una venganza menos de una semana después.

Cediendo a la indómita voluntad de su suegra, Grace ató a Molly a la silla del coche y condujo hasta la mansión para que abuela y nieta pasaran un rato juntas. Necesitaba comprarse un vestido de cóctel para la gran gala benéfica a la que Delilah había insistido debían acudir sus hijos con sus esposas, y que tendría lugar a la noche siguiente.

—Y a la que no quiero ir —le informó al bebé que golpeaba feliz un mordedor contra la ventanilla del coche.

Con la mirada fija en el retrovisor, pendiente de Molly, tuvo que dar un frenazo para evitar chocar contra un todoterreno negro. El sobresalto le recordó que debía mantener toda su atención en la carretera.

Pero la breve visita en casa de Delilah no contribuyó a calmarle los nervios.

—Deberías aprovechar para que te arreglen las uñas —sugirió su suegra tras un prolongado intercambio de besos esquimales con Molly—. Y córtate el pelo.

—¿Tan mal estoy?

—Estás preciosa y lo sabes —Delilah acomodó al bebé sobre su cadera y escudriñó a su nuera—. Pero no estás tan resplandeciente como cuando regresaste de Provenza. No me digas que el sexo entre Blake y tú ya ha empezado a flojear.

–No haré tal cosa –contestó Grace.

–No te pongas impertinente conmigo, jovencita. Si no se trata del sexo, debe ser por ese asunto del que se ocupa Jamison. Escucha, no me gusta entrometerme en la vida de…

Delilah hizo una pausa y esperó a que Grace dejara de soltar bufidos.

–De acuerdo. Me encanta entrometerme, pero pensaba que Blake y tú ya habíais llegado a un acuerdo al respecto

–Y así es. Más o menos.

–Solo te lo diré una vez –la mujer mayor miró con severidad a Grace mientras Molly jugueteaba con su pulsera de zafiros–. Jamás volveré a mencionarlo. Lo juro.

Grace no se tragó ni una palabra. En cuanto Delilah hincaba el diente, no soltaba la presa.

–Hiciste bien manteniendo la promesa hecha a tu prima –empezó–, pero ella está muerta y tú casada. Debes decidir dónde están tus lealtades.

Grace se puso tensa presintiendo el peligro.

–Márchate –le ordenó la otra mujer–. Cómprate el vestido, arréglate las uñas y, por el amor de Dios, piensa en lo que acabo de decirte.

Grace echaba humo camino de la exclusiva boutique que Julie y ella habían descubierto unos meses atrás. Aparcó el coche y detuvo el motor, quedándose sentada con las manos fuertemente aferradas al volante de cuero.

No necesitaba que Delilah le diera lecciones de lealtad. ¡Maldita fuera esa mujer! Había dedicado lo que parecía más de media vida, y prácticamente todos sus ahorros, a ocultar a Anne de su sádico esposo. Si cerraba los ojos, aún veía a su prima luchando desesperadamente por respirar, suplicándole que llevara a Molly junto a su padre y que por favor, por favor, no permitiera que Jack supiera de su existencia.

Quizás…

Quizás la costumbre de proteger a su prima se le había grabado con excesiva fuerza. Quizás sus instintos estaban contaminados por el terror de Anne, cuando debería confiar en Blake. Su esposo sabía mantener la calma y la sangre fría en las crisis, y era mucho más inteligente que la mayoría de la gente a la que conocía. Además, tenía muchos más recursos que Jack Petrie y, sobre todo, era el padre de Molly. Mataría con sus propias manos a cualquiera que intentara hacerle daño.

Soltando un gruñido, golpeó el volante con la frente. Sentía una necesidad, casi dolorosa, de seguir cumpliendo la promesa hecha a su prima. Pero no podía. Ya no. Delilah tenía razón. Su futuro giraba en torno a Molly y a Blake. Tras pronunciar una silenciosa oración que buscaba el perdón y la comprensión de su prima, sacó el móvil del bolso.

La secretaria de su marido contestó a la primera señal.

–Despacho de Blake Dalton.

–Hola, Patrice, soy Grace. ¿Puedo hablar con Blake?

–Hola, Grace. Lo siento, pero está en medio de una videoconferencia. ¿Le paso una nota?

–No, solo dile que… dile que estaba pensando en mi prima y que…

¡Cómo iba a plasmar sus sentimientos en un trocito de papel amarillo!

–Dile que he llamado. Nada más.

–Lo haré.

–Gracias.

Grace colgó la llamada. Ya no podía echarse atrás, ni quería hacerlo. Seguiría adelante con Blake y Molly, y una vida que no incluyera el fantasma de Jack Petrie.

Cuando salió de la tienda de Helen Jasper, un buen rato después, esa idea aún persistía en su mente.

Como de costumbre, el buen ojo de la dueña de la boutique había resultado infalible y había adquirido toda la línea de ropa de una joven diseñadora de Oklahoma, la cual, estaba segura, iba a dar el golpe en el mundo de la moda. Grace no solo había comprado el vestido para el cóctel, también se había llevado dos tops y un par de pantalones con los accesorios a juego. La ropa que había llevado puesta estaba metida en una bolsa y en esos momentos lucía unos pantalones color canela, el top a juego y la blusa color calabaza, desabrochada para que se viera el cinturón de falsa piel de lagarto.

Sonriendo al imaginarse la reacción de Blake ante el vestido con la espalda al aire que había elegido, tomó todas las bolsas en una mano mientras rebuscaba en el bolso hasta encontrar la llave del coche. Abrió las puertas, dejó el bolso en el asiento delantero y estaba a punto de añadir las bolsas cuando un SUV de color negro aparcó a su lado. El imbécil del conductor se pegó tanto a su Jaguar que Grace tuvo que cerrar la puerta para que no la golpeara.

Irritada, se agachó y recogió las bolsas que habían quedado caídas en el suelo. Al enderezarse, vio por el rabillo del ojo al conductor. Había bajado del coche, pero no se movía.

Una punzante sensación de inquietud la asaltó. Ese hombre estaba muy cerca del Jaguar. Demasiado cerca. De inmediato repasó los consejos sobre defensa personal que había leído en varios artículos. Pero solo era posible aplicar uno de ellos.

Con las llaves del coche fuertemente sujetas entre los dedos, cerró la mano hasta formar un puño y empezó a correr. Apenas había avanzado unos pasos cuando algo muy duro le golpeó en la espalda y todo se volvió rojo.

Capítulo Doce

—No contesta el teléfono.

Blake se paseaba inquieto por el despacho de su hermano, en la vigésima planta de las oficinas de Dalton International. Los ventanales ofrecían una perspectiva distinta de Oklahoma City de la que se veía desde su despacho al otro lado del pasillo. Pero no le interesaba el paisaje.

—Le he dejado tres mensajes de voz. El primero sobre las diez y media, y el último hará una hora.

Aunque eran poco más de las dos, Alex comprendió su preocupación. Él mismo había sufrido una sensación parecida durante varias horas cuando Julie había despegado en busca de un desaparecido Dusty Jones. Su móvil se había quedado sin batería y Alex no había tenido la menor idea de adónde podía haber ido. Al recordarle el episodio a su hermano, Blake sacudió la cabeza.

—Ya lo he pensado, pero su teléfono estaba enchufado al cargador cuando me marché esta mañana. La batería está cargada.

—¿Y mamá no sabía adónde iba?

—No estaba segura. Solo sabía que iba de compras y, a lo mejor, a arreglarse las uñas y cortarse el pelo.

—Pues eso ya es algo –contestó Alex mientras marcaba un número de teléfono–. Llamaré a Julie. Recuerdo haberle oído mencionar una boutique que les encantaba.

Por suerte, aunque a regañadientes, Julie había abandonado los vuelos de fumigación, temiendo que los productos químicos pudieran afectar a sus intentos de quedarse embarazada. En esos momentos estaba formando a su sustituto.

Blake intentó contener la impaciencia mientras su hermano le explicaba la situación a su mujer y apuntaba un par de números de teléfono en un papel.

—Dice que probemos en la boutique de una tal Helen Jasper –informó Alex mientras ya marcaba el primero de los números–. Y también en un salón de belleza para uñas… ¿Hola? ¿Señorita Jasper? Le habla Alex Dalton.

Tras escuchar unos segundos, sonrió.

—Sí, soy muy afortunado. Y mi hermano también. Por eso le llamo. Necesitamos localizar a Grace, pero su móvil no funciona. Iba a ir de compras y Julie nos sugirió intentarlo en su tienda –su mirada se clavó en Blake–. ¿Lo hizo? De acuerdo, gracias.

Parte de la tensión en los hombros de Blake desapareció cuando su hermano le contó que su mujer había invertido varias horas, y un montón de dinero, en la boutique.

—Se marchó poco antes del mediodía. Quizás haya parado a comer en alguna parte.

—Quizás –la tensión volvió a aumentar–, pero no

me la imagino comiendo tranquilamente sin llamar para interesarse por Molly.

–Probemos con ese salón de belleza. Podría…

Alex se interrumpió y frunció el ceño cuando la puerta del despacho se abrió y Delilah irrumpió, como de costumbre sin avisar, empujando la sillita de Molly. La matriarca de los Dalton, y presidente nominal de la empresa, no veía ninguna razón por la cual alguien pudiera negarle el acceso a ninguno de sus hijos.

–Tu secretaria dijo que estabas aquí con Alex –la mujer detuvo el cochecito frente a Blake.

Blake aún estaba asimilando el colorido atuendo de su madre, compuesto de botas altas, *leggings* y túnica, cuando su bebé soltó un grito de alegría.

–¡*Pa-pa*!

El corazón le dio un vuelco mientras respondía a los bracitos extendidos de su hija, soltándola de la sillita y tomándola en brazos.

–¿Tenéis noticias de Grace? –preguntó Delilah.

–No, pero sabemos que abandonó su boutique preferida hace un par de horas.

–Estaba sugiriendo que quizás estuviera comiendo en alguna parte –intervino Alex.

–No haría algo así –afirmó la mujer tajantemente–. No sin llamar para preguntar por Molly.

Blake sintió un escalofrío en la nuca. Su madre acababa de confirmar sus temores.

–Según Patrice, Grace te dejó un mensaje esta mañana –continuó Delilah–. ¿No te dijo qué pensaba hacer el resto de la tarde?

–Únicamente me pedía que la llamara.

–¿Nada más?

–No –Blake apretó la mandíbula–. Como no contestaba a mis llamadas, interrogué a fondo a Patrice. Me dijo que Grace había mencionado que quería hablar sobre su prima, luego cambió de idea y le pidió que me dijera que había llamado, nada más.

–¿Su prima?

A pesar de la distracción de las palmaditas de Molly en su mejilla, a Blake no se le escapó la fugaz expresión de culpa que apareció en los ojos de su madre.

–¿Qué sabes tú que yo no sepa?

–Bueno…

–Cuéntame qué has hecho –sintiendo que se avecinaba un desastre, Blake dejó al bebé en brazos de su tío y miró fijamente a su madre.

–Yo no he hecho nada –protestó ella–. Simplemente le sugerí que debería pensar a quién le debía más lealtad, a su prima muerta o a su familia rebosante de vida.

–¡Maldita sea! Te dije que no te entrometieras.

–Estás criando a una hija –contraatacó Delilah–. Ya deberías haberte dado cuenta de que ser padre te da derecho a entrometerte cuando lo creas necesario.

Demasiado furioso para contestar, Blake se acercó a la ventana. Sabía de sobra dónde consideraba Grace que debía estar su lealtad. ¿Por eso no contestaba a sus llamadas? ¿Había decidido que necesitaba un tiempo de descanso lejos de los Dalton?

¿Desaparecería así sin más? ¿Saldría de su vida igual que lo había hecho Anne?

La idea lo golpeó como un puñetazo, pero, de inmediato, la desestimó. Grace jamás le haría algo así. Era demasiado íntegra y su sentido de la justicia inmenso. Habían discutido sobre ello en varias ocasiones, pero ella sabía que Blake la amaba demasiado para permitir que desapareciera de su vida sin más.

Lo sabía, ¿no?

Desesperadamente, intentó recordar si había pronunciado las palabras. Quizás no, pero desde luego le había dejado claro lo que sentía. El hecho de que no pudiera apartar las manos de ella, era más elocuente que una declaración.

Con el móvil en la mano, consultó la agenda y marcó el número de Jamison.

–Soy Blake Dalton –saludó secamente–. Necesito una actualización sobre Petrie.

–Hace media hora recibí un informe –le informó el detective–. Estaba a punto de enviarlo.

–Haga un resumen de lo fundamental.

–Espere, voy a consultarlo. Aquí está. La vigilancia electrónica de la residencia de Petrie le muestra regresando ayer por la tarde a las catorce treinta. Mi socio consultó sus fuentes en la patrulla de carretera. Petrie y su compañero testificaron en un juicio por la mañana. Al parecer, poco después se sintió indispuesto y se marchó. Esta mañana tenía cita con el médico y salió de su casa, vestido de civil, a las seis y cuarto.

–Un poco pronto para acudir a una cita con el médico –Blake entornó los ojos.

–Eso pensé yo también. Mis chicos lo están investigando más a fondo.

–Llámeme en cuanto… Espere. Un momento. ¿Ha dicho que Petrie testificó ayer por la mañana?

–Eso es. En un juicio sobre un asunto de drogas que traspasó el límite del estado e involucró a los federales. Tengo los detalles por si…

–No necesito los detalles. Simplemente saber en qué juzgado fue.

–En el de Bexar –informó Jamison segundos después–. Presidía el juez Honeywell.

Podría no significar nada. Honeywell presidía docenas de casos todas las semanas. Pero, por remota que fuera la posibilidad, el hecho de que Petrie hubiera obtenido alguna información sobre Grace del juez o su secretaria, le hizo temblar.

–Llame a su socio de San Antonio. Dígale que se centre en esa pista. Quiero saber exactamente dónde está Petrie. Y lo quiero saber ya.

–De acuerdo.

Blake colgó la llamada y estaba a punto de informar a los demás cuando el intercomunicador de Alex sonó.

Su hermano sintió una oleada de esperanza de que fuera Patrice pasándole una llamada de Grace. Pero la esperanza se esfumó cuando vio a Alex fruncir el ceño.

–Sí, acepto la llamada –sonrió a Molly y esperó unos segundos más–. Soy Alex Dalton.

Blake corrió junto a su hermano, cuyo ceño fruncido se hizo más profundo.

–De acuerdo. Gracias por llamar.

–¿Qué pasa? –preguntó Blake antes de que Alex hubiera podido colgar el teléfono.

–Era Helen Jasper, la dueña de la boutique. Al salir a comer ha visto el coche de Grace aparcado al lado de la tienda.

La voz sonaba tan lúgubre como su expresión.

–Miró por la ventanilla de coche y vio las bolsas de su tienda tiradas en el asiento del copiloto. El bolso de Grace también estaba.

Delilah llevó a Molly de regreso a su casa mientras sus hijos cruzaban la ciudad. Blake conducía sin apenas prestar atención a la carretera.

En su mente repasaba los múltiples motivos por los que Grace podría haber dejado el Jaguar aparcado tanto tiempo junto a la boutique. Sin embargo, no encontró ningún motivo que explicara que se hubiera dejado el bolso dentro, a la vista de cualquiera que pudiera romper el cristal y vaciarle la cartera.

–Esa es la tienda –anunció Alex–. Y ahí está el coche de Grace.

Blake aparcó junto al Jaguar de color azul. Llevaba un juego de llaves de repuesto y estaba a punto de abrir la puerta cuando Alex le sujetó el brazo.

–Podría haber huellas, fibras o alguna otra evidencia.

Como sangre. No lo dijo, pero tampoco hizo falta.

—¿Quieres contaminar la escena?

—He conducido este coche una docena de veces. Mis huellas, fibras y ADN están por todas partes, pero tendré cuidado.

Las puertas estaban abiertas y en el asiento trasero solo encontraron la sillita de Molly y algunos juguetes. En el asiento del copiloto estaban algunas de las bolsas de la boutique, mientras que otras estaban caídas en el suelo, junto al bolso, dentro del cual se veía claramente el móvil.

Con la mandíbula encajada, Blake se dirigió al maletero. Un suspiro de alivio escapó de sus labios al encontrarlo vacío.

Alex le dio una palmada en el hombro. Él también se había imaginado lo peor.

Sin embargo, el alivio fue solo temporal.

—Llamaré a Harkins —anunció Alex.

Phil Harkins era un amigo, además del jefe de la policía. Alex ya tenía el móvil en la mano cuando su hermano lo agarró del brazo.

—¡Espera!

Bajo la puerta del maletero encontró una hoja de papel que no había visto al abrirlo.

Te llevaste a mi esposa y yo me he llevado a la tuya. Si quieres volver a ver a Grace viva, será mejor que esto quede entre nosotros. Un ricachón como tú no debería tener muchas dificultades para encontrarnos.

Te estaremos esperando.

Blake soltó un juramento y le pasó la nota a Alex. Su hermano aún no había terminado de leerla cuando sonó el móvil del primero. La pantalla le reveló que se trataba de Jamison.

–¿Qué ha averiguado?

–Petrie tomó un vuelo directo a Oklahoma City a las siete y diez. Aterrizó a las ocho y veinte y alquiló un todoterreno negro en Hertz.

–¿Tiene ese coche algún dispositivo de rastreo? –rugió Blake.

–Sí, pero Hertz no me permite acceder al sistema.

–Yo me ocupo de eso.

Tras repasar la agenda del móvil, encontró el número de Phil Harkin. Afortunadamente se encontraba en su despacho.

–Hola, amigo –saludó con su habitual jovialidad–. ¿Cómo te va la vida?

–Necesito un favor, Phil. Rápido y sin preguntas.

–Dispara.

Diez eternos minutos después, Harkins devolvió la llamada.

–Hertz acaba de enviarme los datos del GPS. Tu chico salió del aeropuerto y se dirigió a tu casa. No se paró, pero hizo una brusca maniobra a las nueve y cincuenta y cuatro y enfiló hacia Nichols Hills.

¡Había seguido a Grace!

–Estuvo aparcado a una manzana de la casa de tu madre durante dieciocho minutos –siguió leyendo Harkin–, luego condujo hasta el lugar en el que te encuentras ahora mismo, y allí estuvo casi dos horas.

Esperando a que Grace saliera de la tienda de Helen Jasper.

–¿Y sabéis dónde está ahora? –preguntó ansioso Blake.

–Sí. Se dirige al sur por a I-35. Está a casi cinco kilómetros de la frontera de Texas –Harkins titubeó–. No sé qué está pasando aquí, pero puedo pedirle a la patrulla de autopistas de Texas que le pare.

Blake no podía arriesgarse. Petrie pertenecía a la policía de Texas y seguramente tenía sintonizada la emisora.

–No, no alertes a la patrulla. Limítate a seguirle la pista y avísame si se desvía de la I-35 –dirigió una angustiada mirada a Alex–. Yo tomaré un avión.

Antes de colgar, Alex ya estaba hablando por teléfono con el jefe de operaciones aéreas de la empresa.

–¿Tenemos algo listo para despegar? –escuchó atentamente las instrucciones–. Llena el tanque del Skylane. Estaremos allí en quince minutos.

Blake ni siquiera cuestionó la elección del avión, más pequeño y menos rápido que otros jets de la compañía. Si hacía falta, Alex era capaz de aterrizar en un prado con ese avión.

***

En menos de media hora habían despegado y volaban a velocidad de crucero.

–Deberíamos alcanzarles entre Austin y San Antonio –Alex hizo un cálculo rápido–, suponiendo que el bastardo se dirija hacia allí.

Blake asintió. Con los ojos protegidos por las gafas de sol, no apartaba la vista del asfalto que atravesaba prados y campos.

Petrie estaba ahí abajo y les llevaba unas dos horas de ventaja. De momento, Blake solo podía rezar para que ese tipo mantuviera su promesa y que Grace estuviera sana y salva.

Capítulo Trece

Grace se removió en el asiento del SUV y se mordió el labio con fuerza. Llevaba las manos esposadas a la espalda y el dolor entre los hombros había aumentado durante la hora que llevaba despierta, hasta convertirse en una tortura.

Giró el rostro hacia la ventanilla para ocultar una mueca y buscó algo que le indicara dónde podían encontrarse.

—¿Adónde me llevas?

Con los cabellos muy cortos y recién afeitado, el chico americano por excelencia desvió la mirada del camino de tierra por el que circulaban y le sonrió con malicia.

—Ya te lo dije. Lo sabrás cuando lleguemos. Mientras tanto, a no ser que quieras hablarme de ese bastardo millonario que me robó a mi esposa…

Grace encajó la mandíbula.

—No pasa nada, primita. Dentro de poco estarás gritando todo lo que sabes. De momento, cierra el pico, no quiero pasarme el desvío.

La escena se había repetido varias veces desde que, mareada y dolorida, Grace había recuperado el sentido. Petrie se había negado a explicarle cómo la había encontrado. Estaba segura de que sus intenciones no acababan con el secuestro. Era policía. Jamás dejaría un testigo vivo. Y también sabía que era el cebo para atraer a Blake.

¡Había tenido tanto cuidado! ¿Cómo había establecido la conexión entre Blake y Anne? ¡No, Anne no, Hope! Tenía que acostumbrarse a utilizar de nuevo su verdadero nombre para no despertar la ira, por el momento controlada, de Petrie.

Diez minutos más tarde, Grace vio agua entre los árboles, y cinco minutos después, Petrie redujo la velocidad y giró por otro camino de tierra.

Las zarzas que bordeaban el camino arañaban los laterales del SUV a su paso, y Grace no pudo evitar pensar en lo que iba a costar repintar el coche. Pero un nuevo bache le volvió a martirizar los doloridos hombros. Cuando al fin alcanzaron un claro del que bajaba un camino hasta el lago, casi lloró de alivio.

Al principio del camino había una cabaña de madera y, en la otra orilla del lago había dos o tres edificaciones similares. Ninguna parecía habitada y ninguna estaba a una distancia desde la que pudieran oír sus gritos.

Petrie apartó el vehículo a un lado del camino, paró el motor y se bajó. Después se agachó y sacó algo de debajo del asiento… el estuche de un rifle.

A Grace le aterrorizó ver aquel estuche. No temía por ella, sino por Blake. Tarde o temprano la encontraría. Y se colocaría en el punto de mira del rifle de Petrie.

Pero el terror se intensificó cuando lo vio sacar

también el estuche de una pistola, aunque no la de servicio. Sin duda la habría confiscado en alguna intervención y se la había quedado sin declararla. Una pistola que no podrían relacionar con ese hombre que comprobaba fríamente que el seguro estuviera echado.

Y con la misma frialdad, se metió la pistola por la cinturilla del pantalón y volvió a tomar el estuche del rifle. El corazón de Grace latía alocado cuando abrió la puerta del copiloto y le soltó el cinturón de seguridad.

—Vamos.

Agarrándola del brazo la arrastró fuera del coche.

El gesto disparó el dolor de los hombros hasta límites agónicos y requirió de todas sus fuerzas para no gemir mientras la arrastraba hasta la cabaña.

Petrie abrió la puerta y empujó a Grace al interior. Olía a cerrado, a viejo, a humedad y a aparejos de pesca. Junto a una pared se alineaban unas literas. Una mesa de picnic, un sofá desgastado y un sillón ocupaban la mayor parte del reducido espacio. La cocina estaba formada por una encimera y un fregadero, un hornillo y una pequeña nevera. Una puerta sin pintar, y que colgaba de los goznes, permitía ver un diminuto cuarto de baño.

—Bonita casa —observó ella con ironía.

—Es de un amigo mío. Me ha invitado unas cuantas veces a pescar. Ya me imagino que ofende tus delicados sentidos, pero bastará para mis propósitos, primita.

–Deja de llamarme así, pedazo de escoria. Gracias a Dios, no estamos emparentados.

–Siempre fuiste de lo más alegre.

A Grace no le gustó la prolongada y lenta mirada que le dedicó.

–A lo mejor voy a tener que enseñarte a obedecer, como hice con Hope.

–¿Qué te apuestas a que no lo conseguirás?

El rostro que su prima había descrito una vez como fuerte y lleno de carácter, en esos momentos no reflejaba nada más que desprecio.

–Ya veremos cuánto queda de ese orgullo cuando acabe contigo.

Arrastrándola por la habitación, la giró hasta que su nariz estuvo pegada al colchón enrollado de una de las literas superiores. Después le quitó las esposas de la muñeca izquierda y Grace casi gritó de dolor cuando el brazo cayó a un lado. Sabía que no tenía más que dos o tres segundos para darse la vuelta, soltarle un puñetazo y correr, pero antes de que pudiera siquiera doblar los adormecidos dedos, Petrie enganchó las esposas al poste metálico que sujetaba la litera.

–Ponte cómoda, primita. Aún nos queda algo de tiempo antes de que empiece la diversión.

Sin ninguna prisa, Petrie se instaló en la mesa y empezó a montar el rifle.

Grace tenía la sensación de que sus brazos se hubieran descolgado de los doloridos hombros. Cuando la sangre por fin empezó a circular por ellos, tiró del colchón enrollado.

–De acuerdo, Jack –ella se dejó caer en el húmedo colchón–. Cuéntamelo. Sé que te mueres por restregármelo por la cara.

–¿Te refieres a cómo te encontré? ¿O cómo descubrí lo de la zorra de mi mujer y ese ricachón con el que te has casado?

–Las dos cosas.

–Me costó lo suyo –admitió él mientras terminaba de montar el rifle–. Llevó buscando desde que Hope me abandonó. Comprobando los registros de los juzgados, llamando a distintas comisarías, consultando el programa informático de personas desaparecidas…

Ese programa estaba disponible para cualquiera que dispusiera de ordenador. Ella misma lo había consultado en busca de noticias sobre su prima.

–Pero no fue hasta que encontré tu certificado de matrimonio en la base de datos estadísticos de Texas cuando obtuve una pista sólida. Vi que el juez Honeywell os había casado y hablé con su secretaria. Ella me contó lo buena pareja que hacíais, me habló de la amistad entre los Dalton y el juez. En cuanto regresé a casa me puse ante el ordenador.

Petrie le dedicó una sonrisa burlona a Grace.

–Encontré mucha información sobre los Dalton de Oklahoma City, pero no gran cosa sobre ti. Me hizo pensar que te estabas manteniendo en un segundo plano por algún motivo, de modo que hurgué un poco más y encontré una demanda para establecer la paternidad de la menor conocida como Margaret, «Molly», Dalton.

La sonrisa se hizo cruel.

–De manera, primita, que hice unas cuantas llamadas y descubrí que una mujer que respondía a tu descripción apareció en casa de la abuelita casi el mismo día que el bebé. Sabía que la cría no era tuya. Te he estado vigilando. De manera que solo hay un motivo por el que pedirías una excedencia en el colegio para trabajar como niñera.

La máscara al fin cayó y toda la ira asomó a la superficie.

–Esa mocosa es de Hope, ¿verdad? la zorra de mi mujer tuvo un bebé con ese Dalton y la buena y noble prima Grace corrió al rescate, como siempre.

–Jack…

–¡Cierra el pico! Ni te atrevas a mentirme. El certificado de nacimiento estaba incluido en la demanda de paternidad. No hacía falta ser un genio para asociar ese certificado de nacimiento con el de muerte, expedido al mismo tiempo y en el mismo juzgado de California.

Petrie se levantó de la mesa y se acercó a Grace lleno de odio.

–Ella murió –rugió–. Hope murió y ni siquiera me permitiste enterrar a mi esposa.

–Jack, por favor. Ella…

–¡Cállate!

El dorso de la mano se estrelló contra la mejilla de Grace, que se golpeó la cabeza contra el metal de la litera. Con el sabor a sangre en la boca, pestañeó con fuerza para borrar los puntos negros que le obstaculizaban la visión.

–Vas a pagar por lo que hiciste, zorra. Tú y Dalton.

Tras escupir la implacable promesa, Petrie regresó a la mesa y tomó el rifle. Grace seguía tragando sangre cuando la puerta se cerró con fuerza tras él.

La cabeza le daba vueltas. Le dolía la cara. Apoyada contra el metal, apretó los dientes con fuerza y se obligó a pensar.

La cabaña estaba situada sobre una ladera desde la que se veía la única carretera que pasaba por allí Cualquiera que se acercara quedaría expuesto y se negaba a quedarse sentada mientras Petrie apuntaba a su marido.

Levantó la cabeza y vio el colchón, también enrollado, de la litera superior y que dejaba al aire los muelles enganchados a la estructura de metal atornillada a unos postes.

¡Un momento! pestañeó con fuerza para asegurarse de que no era su imaginación. La estructura no estaba atornillada sino encajada en unos soportes con forma de Y.

Si pudiera sacar el marco de los soportes…

Deslizar las esposas por el poste…

Se estiró sobre el colchón e intentó captar cualquier sonido que indicara el regreso de Petrie. Sin dejar de vigilar la puerta por el rabillo del ojo, apoyó los pies contra la esquina de la estructura metálica sobre su cabeza.

No se movió lo más mínimo. Con la mandíbula encajada, volvió a empujar y consiguió un leve movimiento. Jadeando, aplicó más fuerza y consiguió que el marco saliera a medias del soporte. Al oír el chirrido de la puerta de la mosquitera, dejó caer las piernas al instante.

–Tenía que montar unos cuantos dispositivos electrónicos –le informó Petrie al entrar en la cabaña–. No queremos que tu marido venga sin avisar, ¿verdad? Ya solo queda esperar.

Petrie nunca pensó que esos dispositivos iban a funcionar en su contra, no a su favor.

Grace pasó horas aterrorizada, rezando para que el receptor sobre la mesa de la cocina no emitiera ninguna señal, y luego rezando para que emitiera señales que indicaran que todo un regimiento iba en su busca. Cuando el receptor al fin emitió dos agudos pitidos, el corazón casi se le paró en el pecho.

A continuación todo sucedió a velocidad de vértigo. Apenas tuvo tiempo de pensar, ni de ahogar un sollozo cuando Petrie tomó el rifle y se dirigió hacia la puerta, dejándola abierta y permitiéndole una vista parcial de su cuerpo escondido tras una columna de hormigón. Histérica, volvió a tumbarse sobre el colchón y le dio una patada a la estructura de metal.

–¿Eres tú, Dalton?

La respuesta llegó en el mismo instante en que Grace conseguía arrancar los postes.

–Soy yo. Voy a entrar.

La estructura cayó en ángulo y la esquina oxidada estuvo a punto de clavársele a Grace en el rostro. Consiguió apartarse justo a tiempo y, sin saber cómo, evitó que las esposas hicieran demasiado ruido.

Gracias a Dios, Petrie, concentrado en la figura que subía la ladera, no oyó nada.

–Camina despacio –ordenó–, y con las manos en alto.

Jadeando de miedo y desesperación, Grace deslizó las esposas por el poste metálico y buscó frenética un arma, cualquier arma. Lo único a su alcance, y que no estaba clavado al suelo, eran las cañas de pescar. Al menos podría usar una a modo de látigo.

–Párate ahí –le gritó Petrie a Blake.

Grace veía a Blake, desarmado y lo suficientemente cerca como para que el rifle le abriera un boquete en el corazón.

–Tengo una deuda pendiente contigo, Dalton. Pero me lo voy a tomar con calma. Creo que el primer balazo te lo meteré en la rodilla.

–Métemelo donde quieras, Petrie, pero deja libre a mi mujer.

–Creo que no, amigo. Ella tiene tanto de que responder como…

Dos pitidos lo acallaron de golpe.

Instintivamente, giró la cabeza hacia el dispositivo de rastreo que seguía sobre la mesa.

Grace sabía que no tendría otra oportunidad y

se lanzó hacia la puerta abierta blandiendo la caña de pescar con la que atizó a Petrie en la cara.

–¡Hija de perra!

Extendiendo un brazo, Petrie golpeó a Grace, que se estrelló contra el suelo mientras Blake se lanzaba hacia el porche.

Aturdida y conmocionada, vio llegar a una segunda persona.

Alex también pasó junto a ella hacia el porche, aunque, a juzgar por el puñetazo que Blake asestó en la cara de Petrie, no necesitaba la ayuda de su hermano.

Un pensamiento cruzó fugazmente por su mente: ¿cómo podía un abogado tumbar a un policía entrenado? Y entonces recordó los relatos de Delilah sobre la infancia pendenciera de sus hijos en los campos petrolíferos.

–Ya basta –intervino Alex finalmente–. Por Dios, vas a matarlo.

Agarrando a su hermano del brazo lo apartó de un casi irreconocible Petrie.

–Tiene… tiene otra pistola –aún aturdida por la caída, Grace luchó por respirar–. En la cintura, por la espalda.

Blake giró a Petrie y le quitó la pistola y se la pasó a su hermano.

–Si este bastardo intenta levantarse, vuélale la cabeza.

Un segundo después estaba junto a Grace, mirando furioso la señal que le había quedado tras el golpe de Petrie.

–Estoy bien –le aseguró ella–. Solo magullada y asustada.

–Yo también –admitió él con voz ronca mientras le acariciaba la mejilla–. Me aterrorizaba pensar que no llegaríamos a tiempo.

Grace no le preguntó cómo la había encontrado. En esos momentos no importaba. Lo único que necesitaba y quería era que la abrazara.

–Nunca te he dicho que te amo –Blake se apartó de ella y la miró fijamente a los ojos.

–Bueno, pues ya que estás aquí… –ella consiguió producir una sonrisa temblorosa.

–Te amo, Grace. Siento que casi tuviera que perderte para darme cuenta de cuánto te amo. Quizás algún día puedas perdonarme por ello.

–Lo haré. Ya lo he hecho. Y tú tendrás que perdonarme por casi permitir que la promesa hecha a mi prima en su lecho de muerte anulara la promesa que te hice a ti.

–Lo haré. Ya lo he hecho.

Grace se puso de puntillas y besó dulcemente a Blake.

–Yo también te amo –las siguientes palabras llevaban todo el peso de su corazón–, tanto que no recuerdo cómo era no amarte. Y ahora llévame a casa para que podamos limpiar nuestras heridas y empezar de nuevo nuestro matrimonio.

Epílogo

Delilah insistió en celebrar el primer cumpleaños de su nieta con toda la pompa habitual en ella. Y siendo una de las principales benefactoras del zoológico de Oklahoma City, eligió ese lugar para la fiesta.

Su secretaria para asuntos de sociedad confeccionó la lista de invitados, que incluía a cincuenta de los mejores amigos de Delilah, todos potenciales contribuyentes para una nueva instalación para aves exóticas, además de todos los niños inscritos en las olimpiadas especiales de Oklahoma City.

Louis, su mayordomo, realizó el diseño de las invitaciones. En ellas aparecía un papagayo que, de viva voz, enumeraba las actividades que se iban a realizar.

El chef elaboró una gigantesca tarta de seis pisos basada en una jungla, aunque el resto de la comida fue encargada a un servicio de catering.

Delilah, por supuesto, también tenía tareas reservadas para sus nueras. Julie, que acababa de hacerse cargo de la dirección de las operaciones de vuelo de Dalton International, estaba más ocupada que nunca, pero eso no le impidió a su suegra anunciar que ya sacaría tiempo para un evento que solo se produciría una vez en la vida. Y lo mismo iba por Alex y Blake. Grace, que había decidido retrasar un año o dos su regreso a la enseñanza, estaba totalmente dedicada a los preparativos.

El gran día llegó y Delilah encargó a sus nueras recibir a los invitados y entregar bolsitas con chuches, gorras de visera, silbatos que simulaban el grito del macaco, gafas de sol con forma de loro y nubes de azúcar con forma de canario.

A Alex le tocó preparar carritos de golf para los niños con dificultades de movilidad. Blake se encargaba de ayudar a un coordinador de olimpiadas especiales a organizar juegos para niños con dificultades. Dusty Jones, y otros voluntarios, se ocuparon de la limonada, las palomitas de maíz y el algodón de azúcar en los puestos distribuidos por todo el recinto.

Incluso Molly participó. Parloteando incoherentemente, jugaba a hacer tartas de barro con cualquiera que se ofreciera a ello y caminaba sobre sus inestables piernecitas tras las pelotas de brillantes colores. También abrazaba a otros niños que se negaba a dejar marchar.

–Está en la fase de los besos y abrazos –explicó Grace a modo de disculpa mientras liberaba a un pequeño de tres añitos de sus garras–. Vamos, Molly, es hora de soplar la vela.

Molly se lanzó a sus brazos con una sonrisa de felicidad y Grace sintió una opresión en el pecho. La niña se parecía cada vez más a su prima. No a la aterrorizada y acobardada mujer en la que Hope se había convertido, sino en la niña feliz con la que había jugado en su infancia.

Y entonces vio a su marido abrirse paso entre la gente. Sobre sus hombros llevaba a un sonriente chico con aparatos en las piernas que saludaba con una mano mientras con la otra se agarraba fuertemente a los cabellos de Blake. Al llegar junto a la madre del chico, Blake se agachó lo suficiente para que esta pudiera tomarlo en brazos.

Grace volvió a emocionarse. ¿Acaso podía su vida ser más completa? ¿Y su corazón? Ese hombre, considerado e increíblemente sexy, la colmaba por completo… junto con Molly y el bebé que empezaba a crecer en su interior. Jamás había creído posible sentir tal felicidad.

–¡Papá! –gritó Molly mientras saltaba de los brazos de su madre.

La experiencia le había enseñado a Grace a agarrar con fuerza las regordetas piernas. Riéndose, y colgando boca abajo, la niña esperó a que su padre la tomara en brazos.

–Te crees muy lista, ¿verdad?

–Lista –repitió la niña, cómodamente instalada en los brazos de Blake–. Molly lista.

–Sí, lo eres. Muy lista –Blake rodeó la cintura de Grace con el brazo libre–. Mi madre me ha mandado un mensaje al móvil con órdenes para cortar la tarta.

–A mí también. Será mejor que la obedezcamos.

De camino hacia el lugar convenido, se encontraron con Alex y Julie.

–¡Tío!

Molly extendió impaciente los bracitos y pasó a brazos de su tío. Mientras los gemelos lideraban la comitiva, Julie se quedó un poco atrás con Grace.

–¿Cuándo vas a decirle a Delilah que estás embarazada?

–Habíamos pensado esperar a después de la fiesta. Estará demasiado agotada para correr a nuestra casa y empezar a redecorar la habitación del bebé.

–No estés tan segura. –la pelirroja titubeó un instante y sonrió tímidamente–. Escucha, cielo, no quiero robarte el protagonismo, pero… bueno…

–¡Julie! –Grace se volvió hacia su cuñada–. ¿Tú también?

–Yo también, a no ser que la prueba de embarazo de esta mañana se haya equivocado.

–¡Madre mía! ¡Es maravilloso! Delilah va a tener que repartir su tiempo entre las dos.

–Yo también lo he pensado –la otra mujer estalló en carcajadas.

La noticia le fue revelada a su suegra después de que se hubiera marchado el último invitado.

Entre los restos de la fiesta, la familia se sentó para recuperar el aliento antes de echar una mano a la cuadrilla de limpieza.

Molly dormía en la sillita entre Blake y Grace. Alex estaba sentado con las piernas estiradas y Julie a su lado.

Delilah daba cabezazos en una silla, suspirando

encantada mientras recibía un masaje en los hombros de parte de Dusty. Estaba agotada, pero feliz.

–Ha sido una fiesta estupenda, ¿verdad?

–Así es –asintió Blake–. ¿Cuánto les has sacado a tus adinerados amigos?

–Unos cien mil –su madre sonrió–. Se quedaron boquiabiertos cuando les dije que mis hijos igualarían esa cantidad.

Ninguno de los dos pestañeó siquiera ante el anuncio.

–La mitad irá para las olimpiadas especiales –continuó Delilah–. La otra mitad debería bastar para las aves exóticas. El director del zoológico está encantado.

Grace y Julie intercambiaron miradas y telegrafiaron una señal silenciosa a sus esposos.

–Grace y yo también tenemos una buena noticia –Blake rompió el hielo.

–¡Lo sabía! –Delilah miró fijamente a Grace con sus ojos azules antes de volverse hacia Dusty–. ¿No te dije que no era la gripe lo que le hacía vomitar la semana pasada?

–Eso dijiste.

–¿Y vosotros qué? –la matriarca posó su mirada sobre Julie–. Supongo que algún motivo habría para que dejaras de trabajar con los pesticidas hace seis meses. ¿Estáis intentando tener un bebé Alex y tú?

–No lo estamos intentando –contestó Julie–. Lo estamos haciendo.

Dusty soltó un grito de júbilo que hizo que Molly

saltara en la sillita. Sobresaltada, frunció los labios, pestañeó un par de veces y volvió a quedarse dormida.

–Voy a ser abuelo por triplicado –anunció mientras le dirigía una significativa mirada a Delilah–. Supongo que es un buen momento para dar nuestra noticia, Del.

–Eso supongo.

La pulsera de zafiros que siempre llevaba brillaba en su muñeca mientras tomaba la rugosa mano que él le ofrecía. No hizo falta dar ningún detalle, pues tanto sus hijos como sus nueras habían saltado de sus asientos.

–Nos preguntábamos cuándo ibais a salir del armario. Literalmente.

Para sorpresa de todos, Delilah se sonrojó violentamente.

–Me alegro mucho por vosotros –Julie abrazó a su antiguo socio.

Grace esperó su turno, tan feliz que le dolía el pecho. Durante las últimas y agónicas horas de Hope, le había prometido llevar a Molly junto a su padre y asegurarse de que fuera querida.

«Lo es, Hope. Muy querida».

Y Grace también. Lo sintió en el abrazo de Delilah mientras su mirada se fundía amorosamente con la de Blake.

Sucediera lo que sucediera en los años venideros, esa promesa siempre la iban a mantener.

Un reencuentro perfecto

SARAH M. ANDERSON

Nick Longhair se había marchado de la reserva sin mirar atrás y le había pedido a Tanya Rattling Blanket que lo acompañase varias veces, pero Nick no suplicaba. Cuando el trabajo lo llevó de vuelta a la tierra de sus ancestros, comprendió lo que había perdido a cambio de dinero y poder.

Mientras él estaba en Chicago, Tanya había tenido un hijo suyo, al que no conocía. Decidido a darle lo mejor, Nick pensó que no volvería a marcharse, al menos solo, pero eso significaba volver a ganarse el amor de aquellos a los que había dejado atrás.

¿Podría recuperar el tiempo perdido?

¡YA EN TU PUNTO DE VENTA!

Acepte 2 de nuestras mejores novelas de amor GRATIS

¡Y reciba un regalo sorpresa!

Oferta especial de tiempo limitado

Rellene el cupón y envíelo a
Harlequin Reader Service®
3010 Walden Ave.
P.O. Box 1867
Buffalo, N.Y. 14240-1867

¡Si! Por favor, envíenme 2 novelas de amor de Harlequin (1 Bianca® y 1 Deseo®) gratis, más el regalo sorpresa. Luego remítanme 4 novelas nuevas todos los meses, las cuales recibiré mucho antes de que aparezcan en librerías, y factúrenme al bajo precio de $3,24 cada una, más $0,25 por envío e impuesto de ventas, si corresponde*. Este es el precio total, y es un ahorro de casi el 20% sobre el precio de portada. !Una oferta excelente! Entiendo que el hecho de aceptar estos libros y el regalo no me obliga en forma alguna a la compra de libros adicionales. Y también que puedo devolver cualquier envío y cancelar en cualquier momento. Aún si decido no comprar ningún otro libro de Harlequin, los 2 libros gratis y el regalo sorpresa son míos para siempre.

416 LBN DU7N

Nombre y apellido	(Por favor, letra de molde)

Dirección	Apartamento No.

Ciudad	Estado	Zona postal

Esta oferta se limita a un pedido por hogar y no está disponible para los subscriptores actuales de Deseo® y Bianca®.
*Los términos y precios quedan sujetos a cambios sin aviso previo.
Impuestos de ventas aplican en N.Y.

SPN-03   ©2003 Harlequin Enterprises Limited